U0125357

唐诗撷英

郭浚清

编著

天地出版社 | TIANDI PRESS

人间要好诗

——《唐诗撷英》序言

包明德

　　我与郭浚清先生是 30 多年的知己诤友。我们的相识始于中共中央党校同窗学习，相知于对文学，特别是对古典诗词的酷爱和切磋。浚清是扬州人，谈吐、气韵、知识与才智，都充溢着扬州传统丰厚的人文底蕴与风华。他博览群书，阅人如川，视野开阔，知识结构坚实。他对诗韵学的钻研、熟谙与积累，几近专精特新的程度。我和几位同学，如张凤朝、李建一等，都打趣地说他学习理工专业是走错了房间。如果一直专修文史，或可别开风景，自成一家。"歌吹扬州惹怪名，兰香竹影伴书声。一支画笔春秋笔，十首道情天地情。"1990 年初春，我们小聚欢谈时，我借用邓拓前辈的这四句诗来表达对其才情的赞佩，并送他一把景泰蓝小刀。他回赠我五言律诗道："千宵景泰梦，一曲莽原翱。待到茶花艳，迎宾杞麓邀。"友情与才情尽显诗中。

　　喜爱唐诗的人都了解白居易对李白与杜甫这两位伟大诗人及其诗歌意蕴的爱与知。他在《读李杜诗集·因题卷后》的古风诗作中，悟性荡漾，神思驰骋，发出"天意君须会，人间要好诗"的咏叹。这对于读者感悟浚清先生编著《唐诗撷英》的心路，应该说是一种启示。

唐诗作为我国诗歌发展的高峰，是我国优秀传统文化和古代诗歌的一个鲜亮标志与璀璨明珠。唐诗的流传与影响永远天长，已渗透到我们民族精神与文学创作的深层，直到今天，仍具有难以企及的艺术光彩与魅力。

　　唐诗数量繁多，文体纷呈。据梳理统计，现存唐诗5万首以上。自唐宋以来，编选唐诗之风日盛，各种版本竞相问世。虽然散佚很多，至今仍保留有300多种选本。其中，以《全唐诗》所选篇目最多。《全唐诗》是在清康熙四十四年，即公元1705年由彭定求、沈三曾等十位学人搜集、整理、编校，由曹寅主编刊刻而成。《全唐诗》总共录选作者2800多人，选入诗歌4.9万多首。由于"巨细靡遗"，故而显得良莠混杂。及至清乾隆年间，进士孙洙（蘅塘退士）从自己所受教育、生活经历和诗学眼光出发，仿照《诗经》的体量，兼顾各种文体与诗家风格，遴选杰出诗人77位（两位佚名），精品诗作310首，编成《唐诗三百首》，后四藤吟社本又增补3首，臻为唐诗编选的范本，流年经代，童叟都爱，妇孺皆知，影响深广。

　　浚清先生在通览、精读、反思和联想包括《全唐诗》《千家诗》《唐诗别裁》《唐七律诗精品》等选本后，特别是在细读李白、杜甫、王维、白居易和李商隐等唐诗大家专集的基础上，心心念念，感慨系之，萌生了为《唐诗三百首》拾遗补阙的冲动与执念，并经夙兴夜寐，辛勤努力，终于使别具特色的新选本《唐诗撷英》付梓出版了。没能被孙洙选入《唐诗三百首》，而由浚清先生"拾穗"的经典唐诗凡26首。其中，包括杜甫的《茅屋为秋风所破歌》《春夜喜雨》，李白的《望庐山瀑布》，白居易的《卖炭翁》，张若虚的《春江花月夜》，杜牧的《清明》，李贺的《李凭箜篌引》，罗隐的《蜂》，等等。由此可见，编者对唐诗的通晓、判断与选择是非常精到的。

　　在"拾穗""管窥"和"管窥续"中，编者秉持纯净的传统文学审美姿态，精细入微地考证了诗歌中的人物、地名、词语、韵律、修辞、名物及其意象。笺注明洁，正义澄朗，使人感受到诗学思维的跃动，令人耳目一新。

编者对诗歌的理解与评点，具备历史的特定性，又有现实的指向性，从而体现了鲜明的人文精神与百姓情怀。例如，就皮日休《橡媪叹》按语道："'狡吏不畏刑，贪官不避赃'，反腐败永远在路上。"他还以幽默的语调，希望房地产开发商能在办公室挂上《茅屋为秋风所破歌》的书法条幅。王建的《水夫谣》所表现的船工艰苦生活很真切，并不像某些歌词那样轻松洒脱。文学的人民性是文学创作恒久的信念与追求。他还以比较的方法，对诸位诗家的诗歌意绪的差异，言简意赅地给予点拨。他在盛赞刘禹锡的《赏牡丹》时，指出李商隐写牡丹用典过多。高适的《别董大》比王维的《渭城曲》更显乐观阳光。而陈子昂的《送客》比王维、王勃和高适的送别诗多了一份祝愿，别有一番情境。从古至今，唐诗注家蜂起。然诗无达诂，浚清先生的品评基本没有别人说过的话，领悟与视角很有独特性。

在《唐诗三百首》中，孙洙选入杜甫的诗作最多，达38首。这与编者的教育背景、诗学观念有很大关系。杜甫诗歌创作态度严谨，讲求押韵、平仄和对仗，这是很得编者欣赏的。诗词格律问题极其复杂，王力先生的《诗词格律》可以说就是写诗填词者的"圣经"。浚清先生在熟读经典著述的基础上结合自己的苦心摸索，在《诗韵浅谈》中对各个时期、各种规则及其演变作了简要的概括和总结。同时，主要就入声韵作了归纳和阐释。把自己多年的积累一吐为快，奉献给读者，这是很有裨益的。

作为伟大的科学家，钱学森在航天科技领域取得了举世公认的卓越成就。同时，他在文学艺术方面亦有广泛兴趣，具有很深的造诣。并且，他提倡学理工的要懂点文学艺术。爱因斯坦高度评价居里夫人在物理、化学方面的杰出贡献，也突出地赞颂了她在人文道德方面体现的热忱、力量与作用。这些例子进一步证明，哲学、科学技术、文学艺术与实践活动，都是认识与把握世界的方式。它们有规律的经验是相通的，是相互联系激发、互补互促的。回到眼前来说，浚清先生与夫人朱宝凤女士都是学习化工机械的，都曾在企业管理和行政岗位取得骄人的成绩。同时，他俩在文学艺术方面有较深的修养。这得益于他们青少年时代的刻苦努力与环境的熏陶，以及参加工作后业余时间的恒久坚持。宝凤女士曾与浚清先生合著诗词《琴瑟集》。这次，在《唐诗撷英》编注中，她又提出以韩愈《左迁至蓝关示侄孙湘》置于《拾穗》等建议，由此可见她对唐诗的通晓及对诗家的熟知。

作为老朋友，对于《唐诗撷英》的出版，我深表欣喜与贺忱。作为第一读者，我得以优先阅读，获益良多。匆草地写了篇读后感，权当为序吧。

（包明德，中国社会科学院文学研究所原党委书记，学术委员。中华文学史料学会会长，中国当代文学研究会副会长、顾问，中国社会科学院大学研究生院文学系教授，著名文学评论家。第十一、十二届全国政协委员。）

唐诗是中华文化的精粹。《唐诗三百首》是唐诗选本中流传最广、选材最精辟的一本，至今已250余年，过去一直作为蒙学的教材。蘅塘退士受诗经三百篇的篇幅所限，又具有儒家端庄敦厚的思想，有些耳熟能详、童叟皆知的诗未能编入，如李白的《望庐山瀑布》、杜甫的《春夜喜雨》、王维的《使至塞上》、杜牧的《清明》等。还有唐诗有代表性的人物李贺一篇未选，名篇张若虚的《春江花月夜》等，以及带有哲理的诗句，如刘禹锡"沉舟侧畔千帆过""道是无晴却有晴"，许浑"山雨欲来风满楼"，李商隐"雏凤清于老凤声"，曹松"一将功成万骨枯"等，均未选。于是，我萌发将这些诗单独汇集起来的想法，以便平时自己阅读方便，也有利于读者查阅，书名为《唐诗撷英》。我把它分为两类。一是"拾穗"，是特别熟的诗，仅26首。拾穗者不可多也。一是"唐诗管窥"，仅个人喜好，自以为值得常读的唐诗。既有名篇，有些诗句在日常生活和文章中常常引用，也选择带有故事性、趣味性的诗歌，并注意到艺术性和思想性，有72首。此外意犹未尽又选了不少，作为"管窥续"附后。其中不少是历代诗家评价优秀的诗，如有兴趣和时间也可以翻翻。这样总共308首。其中近体诗选得多，原因很简单，篇幅不长，好读、好记。最后，附上《诗韵浅谈》，主要就入声韵作了一些简述。

至于为何选择这些诗歌，在每篇的按语中都作了简介。

我主要查阅的书，有《唐诗别裁》（沈德潜编）、《千家诗》（宋代谢枋得与清代王相所著合编）、《唐五律诗精品》《唐七律诗精品》（孙琴安著），李白、杜甫、王维、白居易、高适、岑参、李贺、杜牧、李商隐等大家的专集。选诗过程中我也在学习，参考了现今出版的几本唐诗选本，也曾查阅过《全唐诗》（曹寅主编刊刻）。

选本作了一些简单的注释，主要是典故。也有些编者按，并按平水韵标注了韵部。因古今音有别，凡涉及韵脚的，用汉语拼音注了音。否则，读起来不押韵，诗味也受影响。但诗句中涉及入声韵的，就没有标注。诗作者也作了简介，编排顺序，仿照《唐诗三百首》（陈婉俊补注）。诗无达诂。我不主张古诗译成现在的诗，最好是自己体味。我有一个想法，继承中华文化的优良传统，学习、熟悉唐诗是最好的选择之一，它既不像经史子集那样难学，又能把传统思想文化融于简洁的诗句中，这也是选编的一个目的。

我仅是一个爱好者，非专业人士，而且还是学理工的，冒昧选编，差错必有，可批评，也可哂笑，更望指正。

本书得到包明德、盛天启、朱宝凤诸方家帮助，提出不少宝贵意见，对选诗进行了增补和调整，费了心血，实际上是共同选编而成；明德兄还为此书写了序，汤万星先生为书名和出版要求出了有益的主意，一并感谢。

|目 录|

五古

七古

五律

七律

五绝

五古

七古

七律

五绝

七绝

拾
穂

春江花月夜

张若虚

春江潮水连海平^①，海上明月共潮生。

潋潋随波千万里，何处春江无月明！（平声庚韵）

江流宛转绕芳甸，月照花林皆似霰^②。

空里流霜不觉飞，汀上白沙看不见。（去声霰韵）

江天一色无纤尘，皎皎空中孤月轮。

江畔何人初见月？江月何年初照人？（平声真韵）

人生代代无穷已，江月年年只相似。

不知江月待何人，但见长江送流水。（上声纸韵）

白云一片去悠悠，青枫浦上不胜愁^③。

谁家今夜扁舟子？何处相思明月楼？（平声尤韵）

可怜楼上月徘徊，应照离人妆镜台。

玉户帘中卷不去，捣衣砧上拂还来。（平声灰韵）

此时相望不相闻，愿逐月华流照君。

鸿雁长飞光不度^④，鱼龙潜跃水成文。（平声文韵）

昨夜闲潭梦落花，可怜春半不还家。

江水流春去欲尽，江潭落月复西斜［xiá］。（平声麻韵）

斜月沉沉藏海雾，碣石潇湘无限路^⑤。

不知乘月几人归，落月摇情满江树。（去声遇韵）

[图] 张若虚，扬州（今属江苏）人，与贺知章、张旭、包融并称"吴中四士"，诗仅存二首。

【注】

①海，唐时长江从镇江向东很开阔，所以把长江的喇叭口的江水称为海。

②霰（xiàn），小冰粒，常呈球状。

③青枫浦，在湖南浏阳县有此地名。

④光不度，飞不出无边的月光。

⑤碣石，山名，在河北昌黎县。

【按】

此篇写春、江、花、月、夜五景物，描写优美，反复咏唱，情、景、理交融，画面清婉，有人生哲理之叹、相思别离之情。它突破了六朝风格，匠心独具，确为名篇，惜蘅塘退士未选。历来评家称誉不绝。闻一多赞赏"孤篇压全唐"，略夸张，然不夸张不足以表达评者的赞美、欣赏。

茅屋为秋风所破歌

杜甫

八月秋高风怒号，卷我屋上三重茅。

茅飞渡江洒江郊，高者挂罥长林梢①，下者飘转沉塘坳。（平声肴韵）

南村群童欺我老无力，忍能对面为盗贼。

公然抱茅入竹去，唇焦口燥呼不得，归来倚杖自叹息。

俄顷风定云墨色，秋天漠漠向昏黑。（入声职韵）

布衾多年冷似铁，娇儿恶卧踏里裂。

床头屋漏无干处，雨脚如麻未断绝。

自经丧乱少睡眠，长夜沾湿何由彻！（入声屑韵）

安得广厦千万间，大庇天下寒士俱欢颜！风雨不动安如山。（平声删韵）

呜呼！何时眼前突兀见此屋②，吾庐独破受冻死亦足！（入声屋沃韵）

杜甫，原籍襄阳（今属湖北），生于巩县（今属河南），初举进士不第，遂事漫游。其诗歌成就与李白齐名，人称"李杜"。

【注】

①罥（juàn），挂，缠绕。

②见，现。

【按】

杜甫已穷困潦倒，疾病缠身，自己茅屋为秋风破，还想到天下穷苦知识分子，其仁人之心教育古今多少士子。但愿有房地产开发商在办公室挂上此诗的书法。

卖炭翁

白居易

卖炭翁，伐薪烧炭南山中。（平声东韵）

满面尘灰烟火色，两鬓苍苍十指黑。

卖炭得钱何所营？身上衣裳口中食。（入声职韵）

可怜身上衣正单，心忧炭贱愿天寒。（平声寒韵）

夜来城外一尺雪，晓驾炭车辗冰辙。

牛困人饥日已高，市南门外泥中歇。（入声月屑韵）

翩翩两骑来是谁？黄衣使者白衫儿。（平声支韵）

手把文书口称敕，回车叱牛牵向北。

一车炭，千余斤，宫使驱将惜不得。

半匹红绡一丈绫，系向牛头充炭直①。（入声职韵）

白居易，祖籍太原（今属山西），生于新郑（今属河南），幼时迁居下邽（今属陕西渭南），进士，官至刑部尚书。与元稹共同倡导新乐府运动，世称"元白"，又与刘禹锡并称"刘白"。

【注】

　①直，值，价钱。

【按】

　白居易诗平民化，接近百姓，写了不少反映民众疾苦的诗。此诗今人读之，也无不解之处。

李凭箜篌引

李贺

吴丝蜀桐张高秋，空山凝云颓不流。

江娥啼竹素女愁①，李凭中国弹箜篌。（平声尤韵）

昆山玉碎凤凰叫^②，芙蓉泣露香兰笑。（去声啸韵）

十二门前融冷光^③，二十三丝动紫皇^④。（平声阳韵）

女娲炼石补天处，石破天惊逗秋雨。

梦入神山教神妪，老鱼跳波瘦蛟舞^⑤。（上声麌韵）

吴质不眠倚桂树^⑥，露脚斜飞湿寒兔^⑦。（去声遇韵）

李贺，福昌（今河南宜阳县）人，因父名晋肃，"晋""进"同音而避父讳，不得参加进士科考。唐皇室远支，一生困顿，二十七岁早夭。其诗想象丰富，文辞秾艳，有浪漫主义色彩。

【注】

①江娥，即湘娥，舜之二妃娥皇、女英。素女，传说中善鼓瑟的女神。

②昆山，昆仑山，传说中产玉。

③十二门，唐长安城门数。

④二十三丝，代指箜篌。

⑤老鱼，出自《列子》"瓠巴鼓琴而鸟舞鱼跃"，形容乐声精妙。

⑥吴质，神话中月宫伐桂的吴刚。

⑦露脚，露滴。寒兔，月宫里的玉兔。

【按】

杜甫、韩愈都有写听音乐的诗，风格各异。李贺此诗有其特色，想象力极丰富，辞藻华丽。蘅塘退士未选李贺的诗。有诗家誉李贺为诗鬼。杜牧为其诗集作序，评价也高。毛泽东主席就爱读三李（李白、李贺、李商隐），并数次引用其诗。但李贺诗用典故多，文句时有诘屈聱牙，坊间流传不广。

感遇 · 其二

陈子昂

兰若生春夏①，芊蔚何青青②。

幽独空林色，朱蕤冒紫茎③。

迟迟白日晚，袅袅秋风生。

岁华尽摇落，芳意竟何成。（平声庚韵）

陈子昂，梓州射洪（今属四川）人，进士，因曾任右拾遗，后世人称"陈拾遗"。

【注】

①兰，兰草；若，杜若，又名杜衡，生于水边的香草。

②芊蔚，茂盛貌。

③蕤（ruí），花下垂状。

【按】

诗咏物寓情。

使至塞上

王维

单车欲问边，属国过居延①。

征蓬出汉塞，归雁入胡天。

大漠孤烟直，长河落日圆。

萧关逢候骑②，都护在燕然③。（平声先韵）

王维，河东蒲州永济（今属山西）人，进士，唐肃宗乾元年间任尚书右丞，世称"王右丞"。

【注】

①属国，典属国（秦汉官名），指使臣。居延，县名，在今甘肃张掖。

②萧关，在今宁夏固原。候骑（jì），骑马的侦察兵。

③都护，唐朝时西北边疆都护府长官。燕然，即杭爱山，在今蒙古国境内。

【按】

苏轼誉王维诗画："诗中有画，画中有诗"，诚然。"大漠孤烟直，长河落日圆"，边塞风光如此壮美，闭目一思，果然一幅山水画。此诗对仗工整，既写实，又韵味足。但王维的山水画如今荡然无存，虽有所谓仿品，亦未得专家一致意见。惜哉。

观猎

王维

风劲角弓鸣，将军猎渭城。

草枯鹰眼疾，雪尽马蹄轻。

忽过新丰市，还归细柳营①。

回看射雕处，千里暮云平。（平声庚韵）

【注】

①细柳营，汉周亚夫屯兵营地。

【按】

"草枯鹰眼疾，雪尽马蹄轻"是名句。王维观察细致入微，写出其欢快轻松的心情。方家常言：李白纯是天才，王维、杜甫造诣颇深。读王维《使至塞上》，顿时豪情澎湃，读《山居秋暝》"明月松间照，清泉石上流。竹喧归浣女，莲动下渔舟"，清新而一片祥和的田园风光，读《终南别业》"行到水穷处，坐看云起时"，充满禅意，似悟人生。

春夜喜雨

杜甫

好雨知时节，当春乃发生。

随风潜入夜，润物细无声。

野径云俱黑，江船火独明。

晓看红湿处，花重锦官城①。（平声庚韵）

【注】

①锦官城，成都。

【按】

杜诗沉郁，只是一面。杜诗教化人，也是一面。杜诗充满生活气息，天伦之乐、朋友情深，也常常见到。本篇写春雨，潜入夜，细无声，知时节，情景交融，春雨之特色，庄稼人之所期盼跃然纸上。民谣云："春雨贵如油，夏雨遍地流。"

左迁至蓝关示侄孙湘

韩愈

一封朝奏九重天，夕贬潮阳路八千①。

欲为圣明除弊事，肯将衰朽惜残年！

云横秦岭家何在？雪拥蓝关马不前②。

知汝远来应有意，好收吾骨瘴江边。（平声先韵）

韩愈，河阳（今属河南）人，进士，"古文运动"倡导者，"唐宋八大家"之首。

【注】

①潮阳，一作潮州。

②蓝关，蓝田关，在今陕西蓝田。

【按】

唐宪宗迎佛骨，韩愈上书《佛骨表》谏之，几被处死，经众臣说情，贬潮州。韩愈此诗大气凛然，刚健。韩愈在潮任职不长，但对岭南的文化发展起到很大作用。唐宋八大家，唐有韩愈、柳宗元，宋有欧阳修、苏轼、苏洵、苏辙、曾巩、王安石。在推进古文运动中，韩愈的贡献最大。在明清两代，一些儒生以杜甫、韩愈诗文为正宗。

酬乐天扬州初逢席上见赠

刘禹锡

巴山楚水凄凉地，二十三年弃置身。

怀旧空吟闻笛赋①，到乡翻似烂柯人②。

沉舟侧畔千帆过，病树前头万木春。

今日听君歌一曲，暂凭杯酒长精神。（平声真韵）

刘禹锡，洛阳（今属河南）人，自言"系出中山（今属河北）"，进士，与柳宗元并称"刘柳"，又与白居易并称"刘白"。

【注】

①闻笛赋，指西晋向秀《思旧赋》，刘禹锡借此怀念王叔文、柳宗

元等友人。

②烂柯人，出自一个典故，指晋人王质上山伐木，见人下棋，不知不觉入神，忘了时间，感到饥饿，一童子给他一枚似枣核物食之。起身离开时，斧柄已烂尽。刘借此表达世事沧桑的心情。

【按】

刘禹锡，豪迈之人也。其诗"开朗流畅，含思宛转"（明·胡震亨语），充满生活气息，寓意深远，气骨高遒。沉舟一联可见一斑，足以砥砺我辈，引为警句。"沉舟"和白居易"野火烧不尽，春风吹又生"异曲同工，都有顽强不屈的精神和对未来的期望。白诗《草》，诗家有把草比喻成小人，认为是讽刺诗。写此诗时白尚不足20岁，不见得这样想，有点穿凿。理解诗意可以见仁见智。

钱塘湖春行

白居易

孤山寺北贾亭西，水面初平云脚低。
几处早莺争暖树，谁家新燕啄春泥。
乱花渐欲迷人眼，浅草才能没马蹄。
最爱湖东行不足，绿杨阴里白沙堤。（平声齐韵）

【按】

白傅（白居易晚年官至太子少傅，世称白傅）在唐代诗作最多。他主张"文章合为时而著，歌诗合为事而作"，是现实主义的前驱，也有文艺为政治服务的意思。他的诗作内容面广。他一生起落跌宕，为人也豁达，也伤感，也闲适。他热爱生活，官声也好，杭州西湖至今存有白堤。广州电视塔人称小蛮腰，建筑风格颇具特色，其名字出自白居易"樱桃樊素口，杨柳小蛮腰"的诗句。樊素、杨柳是其家中的歌伎。本篇属休闲之作，心情恬淡。"乱花渐欲迷人眼，浅草才能没马蹄"是名联。

咸阳城西楼晚眺

许浑

一上高城万里愁，蒹葭杨柳似汀洲。
溪云初起日沉阁，山雨欲来风满楼。
鸟下绿芜秦苑夕，蝉鸣黄叶汉宫秋。
行人莫问当年事，故国东来渭水流。（平声尤韵）

许浑，润州丹阳（今属江苏）人，进士。一生不作古诗，专攻律诗。

【按】

"山雨欲来风满楼"，神来之笔。人们常用来形容重大事件发生前的紧张气氛，是警句。

逢雪宿芙蓉山主人

刘长卿

日暮苍山远，天寒白屋贫。
柴门闻犬吠，风雪夜归人。（平声真韵）

刘长卿，宣城（今属安徽）人，进士，官终随州刺史，世称刘随州。工于诗，长于五言，自称"五言长城"。

【按】

刘长卿自诩"五言长城"，诗风隽永。此篇是一幅冬雪美景。

悯农 · 其二

李绅

锄禾日当午，汗滴禾下土。
谁知盘中餐，粒粒皆辛苦。（上声麌［yǔ］韵）

李绅，润州无锡（今属江苏）人，进士，官同中书门下平章事，淮南节度使。与元稹、白居易交游甚密，为新乐府运动的倡导者和参与者。

【按】

"谁知盘中餐，粒粒皆辛苦"是名句。当下浪费粮食和其他食品的情况十分严重，应该从制度和法规上加以管理，不能停留在一般的宣传教育上。李绅写此诗时，尚未发迹，待到权高位重，他也奢华。

咏柳

贺知章

碧玉妆成一树高，万条垂下绿丝绦。
不知细叶谁裁出，二月春风似剪刀。（平声豪韵）

贺知章，曾中状元，越州永兴（今属浙江杭州萧山）人。与张若虚、张旭、包融并称"吴中四士"；与李白、李适之等谓"饮中八仙"；又与陈子昂、卢藏用、宋之问、王适、毕构、李白、孟浩然、王维、司马承祯等称为"仙宗十友"。

【按】

贺知章留传下的诗篇不多，这篇和《回乡偶书》都很出名。其性旷，善谈说，好饮酒，诗友很多，晚年辞官还乡，百官饯行，送归的诗编成集，李白为其作序。他初见李白，赞白是"谪仙人"。

从军行（选二首）

王昌龄

（其四）

青海长云暗雪山，孤城遥望玉门关。

黄沙百战穿金甲，不破楼兰终不还。（平声删韵）

王昌龄，京兆长安（今属陕西西安）人，进士。与李白、高适、王维、王之涣、岑参等人交往深厚。其诗以七绝见长，尤以边塞诗最为著名，有"诗家夫子""七绝圣手"之称。

【按】

唐七绝诗，与李白比肩者，王昌龄也。清朝沈德潜曰："龙标绝句，深情幽怨，意旨微茫，令人测之无端，玩之无尽，谓之唐人骚语可。"我爱读李白、王昌龄、刘禹锡、杜牧的绝句，行云流水，余韵不绝。

（其五）

大漠风尘日色昏，红旗半卷出辕门。

前军夜战洮河北，已报生擒吐谷浑①。（平声元韵）

【注】

①吐谷（yù）浑，中国古代少数民族名称，活动区域在现在青海西北至新疆东部。

【按】

　　《集异记》记载，王之涣、王昌龄、高适同出游乐，至一歌舞馆，歌女皆是当时名角，三人私约，以歌咏诗多为优。歌女先唱王昌龄诗，次唱高适诗，又唱王昌龄诗。王之涣指诸歌女中最佳者说，此子所唱非我诗，则终身避席矣。果然最后压轴者唱"黄河远上白云间"。因之三人大笑。众歌女异之，诣问原因，相竞乞拜，就筵席，边饮边乐。

望庐山瀑布

李白

日照香炉生紫烟，遥看瀑布挂前川。
飞流直下三千尺，疑是银河落九天。（平声先韵）

　　李白，祖籍陇西成纪（今属甘肃）人，生于安西都护府管辖的碎叶城（今吉尔吉斯斯坦的托克马克附近），幼时随父迁居绵州昌隆（今属四川江油市）青莲乡。为人爽朗大方，爱饮酒作诗，喜交友，被后人誉为"诗仙"。与杜甫并称为"李杜"。

【按】

　　李白的才气，无人可比。比喻夸张，令人觉得很自然。闲来无事，朗诵他的诗篇，十分惬意，心情愉悦、轻松，尽管诗中有喜有愁，浑然不觉。

客中行

李白

兰陵美酒郁金香，玉碗盛来琥珀光。

但使主人能醉客，不知何处是他乡。（平声阳韵）

【按】

不愧为"饮中八仙"，"不知何处是他乡"。

石头城

刘禹锡

山围故国周遭在，潮打空城寂寞回。

淮水东边旧时月①，夜深还过女墙来②。（平声灰韵）

【注】

①淮水，秦淮河。

②女墙，垛墙。

【按】

诗家对唐七绝压卷者属谁争论多。有王昌龄"秦时明月汉时关"，有王翰"葡萄美酒夜光杯"。亦有四首并列者：王维之"渭城"、李白之"白帝"、王昌龄"奉帚平明"、王之涣"黄河远上"。（清·王士禛语）刘禹锡此篇被列为中唐后可以接武者之一。

此篇是怀古，感叹东晋、宋、齐、梁、陈的灭亡。石头城即今南京，原址在南京古城西。刘禹锡写此篇时未去过金陵。

竹枝词·其一

刘禹锡

杨柳青青江水平，闻郎江上唱歌声。
东边日出西边雨，道是无晴却有晴①。（平声青韵）

【注】

①"晴"是"情"的谐音。"却"作"还"。

【按】

三、四句是名句。夏日，南方常常会有一边阳光明媚，一边大雨滂沱的景象。

离思五首·其四

元稹

曾经沧海难为水^①，除却巫山不是云^②。
取次花丛懒回顾，半缘修道半缘君。（平声文韵）

元稹，河南洛阳（今属河南）人，北魏宗室鲜卑拓跋部后裔。少有才名，曾授左拾遗，迁监察御史。元稹与白居易同科及第，结为终生诗友，同倡新乐府运动，共创"元和体"，世称"元白"。

【注】

①水，指河流。先秦前，河流都名为水，如江水（长江），河水（黄河），淮水（淮河），济水（济河）。

②此句指楚襄王梦见巫山神女事。

【按】

"元白"连称，元稹作诗水平不如白居易，只是共同提倡诗歌平民化。元在政治上比白得意，但史家有微词。

元稹的爱情诗成就高，如《遣悲怀》"贫贱夫妻百事哀"等。此篇属悼亡诗，故名"离思"，今人把"曾经沧海难为水"当作山盟海誓，是扩展的用法。

清明

杜牧

清明时节雨纷纷，路上行人欲断魂。
借问酒家何处有？牧童遥指杏花村。（平声元、文韵）

杜牧，京兆万年（今陕西西安市）人，进士，曾任监察御史，及黄、池、睦、湖等州刺史。晚年长居樊川别业，世称"杜樊川"。

【按】

　　杜牧和李商隐，史称"小李杜"。杜牧的诗风近李白，李商隐近杜甫。此篇和下一篇，是髫龄儿童皆能背诵的，通俗易懂。应认真仔细把玩。可以想一下，清明时雨，正在路上，蒙蒙细雨不停，想找个酒馆既躲雨，又可小酌两杯以去春寒，牧童骑在牛背上悠悠地归来，远远有一片杏花树丛，浓荫密树中隐隐藏有商家店铺。这是多么美妙的春游。

　　有人把此诗改作小词，也饶有趣味："清明时节雨，纷纷路上行人。欲断魂。借问酒家何处？有牧童遥指，杏花村。"

山行

杜牧

远上寒山石径斜（xiá），白云深处有人家①。
停车坐爱枫林晚②，霜叶红于二月花。（平声麻韵）

【注】

①"深"，亦有作"生"。

②坐，因为。

【按】

前篇是春游踏青，此篇是秋行访红。寒山上逶迤的石径，白云缠绕，红枫掩映，散落着青黛小瓦的农舍，如梦如幻，亦是人间仙境。

蜂

罗隐

不论平地与山尖，无限风光尽被占。
采得百花成蜜后，为谁辛苦为谁甜？（平声盐韵）

罗隐，杭州新城（今浙江杭州市富阳区）人，十应进士不第。吴越王钱镠时任钱塘令、给事中。

【按】

此诗流传很广，"采得百花成蜜后，为谁辛苦为谁甜"，寓意深远。

社日①

王驾

鹅湖山下稻粱肥，豚栅鸡栖半掩扉②。

桑柘影斜春社散，家家扶得醉人归。（平声微韵）

王驾，晚唐河中（今山西永济县）人，进士，礼部员外郎。

【注】

①社日，祭祀土神的日子。春秋各一次。

②"半"字亦有作"对"字。

【按】

此诗写农家乐，晚唐战乱，民不聊生，但贫穷时，百姓也会寻找快乐。

管窥

五古

钓鱼湾

储光羲

垂钓绿湾春，春深杏花乱。
潭清疑水浅，荷动知鱼散。
日暮待情人，维舟绿杨岸。（去声翰韵）

储光羲，润州延陵（今属江苏）人，进士，监察御史。安史之乱中受伪职，后被贬，死于岭南。

【按】

此诗淡泊清雅。"荷动知鱼散"有点牵强，非大鱼不能也。荷塘不深，大鱼罕有。不如王维诗句"莲动下渔舟"贴切。

自京赴奉先县咏怀五百字

杜甫

杜陵有布衣，老大意转拙。
许身一何愚，窃比稷与契①。（入声屑韵）
居然成濩落②，白首甘契阔③。

盖棺事则已，此志常觊豁④。（入声曷韵）

穷年忧黎元⑤，叹息肠内热。

取笑同学翁，浩歌弥激烈。（入声屑韵）

非无江海志，潇洒送日月。（入声月韵）

生逢尧舜君，不忍便永诀。

当今廊庙具，构厦岂云缺。（入声屑韵）

葵藿倾太阳，物性固难夺。（入声曷韵）

顾惟蝼蚁辈，但自求其穴。（入声屑韵）

胡为慕大鲸，辄拟偃溟渤。

以兹悟生理，独耻事干谒。

兀兀遂至今，忍为尘埃没。（入声月韵）

终愧巢与由，未能易其节。

沈饮聊自遣，放歌破愁绝。

岁暮百草零，疾风高冈裂。（入声屑韵）

天衢阴峥嵘，客子中夜发。（入声月韵）

霜严衣带断，指直不得结。

凌晨过骊山，御榻在嵽嵲。（入声屑韵）

蚩尤塞寒空，蹴蹋崖谷滑。（入声月韵）

瑶池气郁律，羽林相摩戛。（入声黠韵）

君臣留欢娱，乐动殷胶葛。

赐浴皆长缨，与宴非短褐。（入声曷韵）

彤庭所分帛，本自寒女出。（入声质韵）

鞭挞其夫家，聚敛贡城阙。（入声屑韵）

圣人筐篚恩，实欲邦国活。（入声曷韵）

臣如忽至理，君岂弃此物。（入声物韵）

多士盈朝廷，仁者宜战栗。

况闻内金盘，尽在卫霍室。

中堂舞神仙⑥，烟雾蒙玉质。

煖客貂鼠裘⑦，悲管逐清瑟。

劝客驼蹄羹，霜橙压香橘。（入声质韵）

朱门酒肉臭，路有冻死骨。（入声月韵）

荣枯咫尺异，惆怅难再述。（入声质韵）

北辕就泾渭，官渡又改辙。（入声屑韵）

群冰从西下，极目高崒兀。（入声月韵）

疑是崆峒来，恐触天柱折。（入声屑韵）

河梁幸未坼，枝撑声窸窣。（入声质韵）

行李相攀援，川广不可越。（入声月韵）

老妻寄异县，十口隔风雪。（入声屑韵）

谁能久不顾，庶往共饥渴。（入声曷韵）

入门闻号咷，幼子饿已卒。

吾宁舍一哀，里巷亦呜咽。（入声质韵）

所愧为人父，无食致夭折。（入声屑韵）

岂知秋禾登，贫窭有仓卒。（入声质韵）

生常免租税，名不隶征伐。（入声月韵）

抚迹犹酸辛，平人固骚屑。（入声屑韵）

默思失业徒，因念远戍卒。（入声质韵）

忧端齐终南，澒洞不可掇。（入声曷韵）

【注】

①稷与契（xiè），传说中唐虞时代的两位贤臣。

②濩（huò）落，大而无用。

③契（qiè）阔，勤苦困顿。

④觊（jì）豁，希望达到目的。

⑤黎元，老百姓。

⑥舞，一作"有"。

⑦煖（xuān）：暖。

【按】

盛唐转衰，故有"朱门酒肉臭，路有冻死骨"，诗人鞭挞社会不公。

伤田家

聂夷中

二月卖新丝，五月粜新谷。

医得眼前疮，剜却心头肉①。

我愿君王心，化作光明烛。

不照绮罗筵，只照逃亡屋。（入声屋沃韵）

聂夷中，河东（今属山西）人，进士，曾任华阴县尉。

【注】

①肉，今音ròu，古音不同。

【按】

当官有此心，应赞，属诤臣。恨佞臣终不绝。

七古

长安古意

卢照邻

长安大道连狭斜，青牛白马七香车。

玉辇纵横过主第，金鞭络绎向侯家。

龙衔宝盖承朝日，凤吐流苏带晚霞。

百尺游丝争绕树，一群娇鸟共啼花。（平声麻韵）

游蜂戏蝶千门侧，碧树银台万种色。

复道交窗作合欢，双阙连甍垂凤翼。

梁家画阁中天起①，汉帝金茎云外直②。

楼前相望不相知，陌上相逢讵相识③。（入声职韵）

借问吹箫向紫烟④，曾经学舞度芳年。

得成比目何辞死，愿作鸳鸯不羡仙。（平声先韵）

比目鸳鸯真可羡，双去双来君不见？

生憎帐额绣孤鸾，好取门帘帖双燕。（去声霰韵）

双燕双飞绕画梁，罗帷翠被郁金香。

片片行云着蝉鬓，纤纤初月上鸦黄。（平声阳韵）

鸦黄粉白车中出，含娇含态情非一。

妖童宝马铁连钱，娟妇盘龙金屈膝。（入声质韵）

御史府中乌夜啼，廷尉门前雀欲栖。

隐隐朱城临玉道，遥遥翠幰没金堤。

挟弹飞鹰杜陵北，探丸借客渭桥西。

俱邀侠客芙蓉剑，共宿娼家桃李蹊。（平声齐韵）

娼家日暮紫罗裙，清歌一啭口氛氲。

北堂夜夜人如月，南陌朝朝骑似云。（平声文韵）

南陌北堂连北里，五剧三条控三市。

弱柳青槐拂地垂，佳气红尘暗天起。（上声纸韵）

汉代金吾千骑来，翡翠屠苏鹦鹉杯。

罗襦宝带为君解，燕歌赵舞为君开。（平声灰韵）

别有豪华称将相，转日回天不相让。

意气由来排灌夫，专权判不容萧相。（去声漾韵）

专权意气本豪雄，青虬紫燕坐春风。

自言歌舞长千载，自谓骄奢凌五公。（平声东韵）

节物风光不相待，桑田碧海须臾改。

昔时金阶白玉堂，即今惟见青松在。（去声贿韵）

寂寂寥寥扬子居，年年岁岁一床书。

独有南山桂花发，飞来飞去袭人裾。（平声鱼韵）

卢照邻，范阳（今属河北）人，"初唐四杰"之一，一生不得志。

【注】

①梁家，东汉梁冀，权臣，外戚，生活奢华。

②金茎，指汉武帝建皇宫的铜人承天露。

③讵（jù），岂。

④吹箫，秦穆公女弄玉与萧史成仙的故事。

【按】

"只羡鸳鸯不羡仙"的出处。

代悲白头翁

刘希夷

洛阳城东桃李花，飞来飞去落谁家？（平声麻韵）

洛阳女儿惜颜色，坐见落花长叹息。（入声职韵）

今年花落颜色改，明年花开复谁在？

已见松柏摧为薪，更闻桑田变成海。（上声贿韵）

古人无复洛城东，今人还对落花风。

年年岁岁花相似，岁岁年年人不同。

寄言全盛红颜子，应怜半死白头翁。（平声东韵）

此翁白头真可怜，伊昔红颜美少年。

公子王孙芳树下，清歌妙舞落花前。

光禄池台文锦绣，将军楼阁画神仙。

一朝卧病无相识，三春行乐在谁边？（平声先韵）

宛转蛾眉能几时？须臾鹤发乱如丝。

但看古来歌舞地，唯有黄昏鸟雀悲。（平声支韵）

刘希夷，汝州（今属河南）人，进士。

【按】

刘希夷，宋之问的外甥。宋非常赏识这首诗中的两句："年年岁岁花相似，岁岁年年人不同。"这首诗音韵流畅，语言优美，感叹青春易逝，富贵无常，通俗易懂。刘希夷早逝。后来不少诗家十分赞赏此诗。

饮中八仙歌^①

杜甫

知章骑马似乘船，眼花落井水底眠。

汝阳三斗始朝天，道逢麹车口流涎^②，恨不移封向酒泉。

左相日兴费万钱，饮如长鲸吸百川，衔杯乐圣称世贤^③。

宗之潇洒美少年，举觞白眼望青天，皎如玉树临风前。

苏晋长斋绣佛前，醉中往往爱逃禅。

李白一斗诗百篇，长安市上酒家眠。

天子呼来不上船，自称臣是酒中仙。

张旭三杯草圣传，脱帽露顶王公前，挥毫落纸如云烟。

焦遂五斗方卓然^④，高谈雄辨惊四筵。（平声先韵）

【注】

①饮中八仙指贺知章，李琎（汝阳王、唐玄宗侄），李适之（左丞相），崔宗之（其父是吏部尚书崔日用，袭父封齐国公），苏晋（侍郎），李白，张旭，焦遂（布衣，嗜酒闻名）。

②麹（qū，今简化为曲），酒曲。麹车，酒车。

③圣，代指酒。

④卓然，神采焕发。

【按】

"李白斗酒诗百篇"人皆知，张旭酒后狂草，知之者不少。其他人在当时酒名都很大。杜诗记录了这一盛况。酒是中国诗词中少不了的佐料。

雁门太守行

李贺

黑云压城城欲摧^①，甲光向日金鳞开^②。（平声灰韵）

角声满天秋色里，塞上燕脂凝夜紫^③。

半卷红旗临易水，霜重鼓寒声不起。

报君黄金台上意^④，提携玉龙为君死^⑤。（上声四纸）

【注】

①黑云，指敌军压境之气氛。

②甲，铠甲。在阳光照耀下，像金色的鳞片。

③燕脂，胭脂，指鲜血。

④黄金台，故址在河北易县，燕赵王所筑，置黄金于台上，招揽人才，后用作招贤纳士的代称。

⑤玉龙，指剑。

【按】

此篇写边境战事悲壮，用词造句颇具特色。末两句"报君""为君死"，思想境界略差。孟子曰："民为贵，社稷次之，君为轻。"（《孟子·尽心下》）。忠君不如爱国。

金铜仙人辞汉歌

李贺

茂陵刘郎秋风客①，夜闻马嘶晓无迹②。

画栏桂树悬秋香，三十六宫土花碧③。（入声陌韵）

魏官牵车指千里，东关酸风射眸子④。

空将汉月出宫门，忆君清泪如铅水⑤。（上声纸韵）

衰兰送客咸阳道，天若有情天亦老。（上声皓韵）

携盘独出月荒凉，渭城已远波声小。（上声筱韵）

【注】

①刘郎，汉武帝刘彻。

②"夜闻"句，武帝死后，其魂魄夜巡逻，仿佛听到他的马嘶吼，天明即逝。

③三十六宫，指汉宫。

④酸风，凄风。眸子，眼珠。

⑤魏明帝移汉孝武捧露盘仙人欲置于前殿，仙人临载，潸然泪下。

【按】

"天若有情天亦老"是名句，毛泽东主席诗中直接引用。天会老吗？不会。苍天是无情的，也是无私的。

致酒行

李贺

零落栖迟一杯酒，主人奉觞客长寿。（上去声有宥韵）

主父西游困不归①，家人折断门前柳。

吾闻马周昔作新丰客②，天荒地老无人识。

空将笺上两行书，直犯龙颜请恩泽。

我有迷魂招不得，雄鸡一声天下白。

少年心事当拏云③，谁念幽寒坐呜呃。（入声陌职韵）

【注】

　　①主父，汉武帝时大臣主父偃，西行入关，资用困乏滞留，家人因为思念折断了门前杨柳。后向武帝提出设置宫中内朝，以强化皇帝专制权力，被采纳。

　　②马周，马周宿于西安新丰，客栈主人招待不周，马周命取酒一斗八升，悠然独酌，主人异之。他日代其主上书，唐太宗甚合意，问谁之笔？对曰家客马周书写。太宗召之，甚悦，授马周监察御史。

　　③拏（ná）云，拂云，凌云。

【按】

　　李贺在长安滞留不得志，想起主父、马周的故事以激励自己，"少年心事当拏云"，希望有一天能得到皇上器重。"雄鸡一声天下白"，毛泽东主席在其词中改用为"一唱雄鸡天下白"。

五律

野望

王绩

东皋薄暮望，徙倚欲何依。

树树皆秋色，山山唯落晖。

牧人驱犊返，猎马带禽归。

相顾无相识，长歌怀采薇。（平声微调）

王绩，绛州（今属山西）人。隋中举孝悌廉洁科，为扬州六合县丞。唐太宗时任太乐丞，不足两年挂冠而归。

【按】

王绩仰慕陶潜，以田园山水为乐。此诗为现存唐诗中最早的一首格律完整的五言律诗。

正月十五夜

苏味道

火树银花合^①，星桥铁锁开。

暗尘随马去，明月逐人来。

游伎皆秾李，行歌尽落梅^②。

金吾不禁夜^③，玉漏莫相催^④。（平声七灰）

    苏味道，赵州（今属河北）人，进士，武则天时曾居相位，但阿附张易之。

【注】

　　①火树银花合，比喻灯光和焰火。

　　②落梅，唐曲调名。

　　③金吾，金吾卫，掌管京城戒严。不禁夜，即不戒严。

　　④玉漏，古代用玉做的计时器。

【按】

　　此篇为写元宵夜的名篇，"火树银花合，星桥铁锁开"常为后人所用。毛泽东主席曾在词中写道"火树银花不夜天"。

题义公禅房

孟浩然

义公习禅寂，结宇依空林。

户外一峰秀，阶前众壑深。

夕阳连雨足，空翠落庭阴。

看取莲花净，方知不染心。（平声侵韵）

孟浩然，襄州襄阳（今湖北襄阳）人，举进士不第，世称"孟襄阳"，因他未曾入仕，又称他为"孟山人"。孟诗绝大部分为五言短篇，多写山水田园和隐居的逸兴以及羁旅行役的心情，在艺术上有独特的造诣，后人把孟浩然与王维并称为"王孟"。

【按】

领联写禅房外景，颈联写山房内景，耐人吟咏。"户外一峰秀，阶前众壑深"，可见义公禅修之境界。孟襄阳诗句秀美，他人难及。其在秘书省赋诗联句，一句"微云淡河汉，疏雨滴梧桐"，令文坛巨擘张九龄、王维称道，他人却步。

秋夜独坐

王维

独坐悲双鬓， 空堂欲二更。

雨中山果落， 灯下草虫鸣。

白发终难变， 黄金不可成。

欲知除老病， 唯有学无生。（平声庚韵）

【按】

王维少有萧瑟沉重之作。人称王维诗佛，其实儒道亦备，"学无生"即道家语。三四句似平常语，恰渲染独坐的气氛。为名联。

塞下曲·其一

李白

五月天山雪，无花只有寒。

笛中闻折柳，春色未曾看（kān）。

晓战随金鼓，宵眠抱玉鞍。

愿将腰下剑，直为斩楼兰。（平声寒韵）

【按】

李白、王昌龄的边塞诗和高适、岑参有别。李、王言简意深，有官贵气，用现在的话说属"正能量"。而高、岑则悲壮而艰辛。因高、岑二人长期在边关，文近实况。

春日忆李白

杜甫

白也诗无敌，飘然思不群。
清新庾开府①，俊逸鲍参军②。
渭北春天树，江东日暮云。
何时一尊酒，重与细论文。（平声文韵）

【注】

　　①庾开府，庾信，南北朝著名诗人。

　　②鲍参军，鲍照，南北朝著名诗人。

【按】

李白、杜甫间诗往来亦多。此篇杜评李"清新""俊逸"。中肯。

房兵曹胡马

杜甫

胡马大宛名^①，锋棱瘦骨成。
竹批双耳峻^②，风入四蹄轻。
所向无空阔，真堪托死生。
骁腾有如此，万里可横行。（平声庚韵）

【注】

①大宛（yuān），汉代西域国名，其地在今中亚费尔干纳盆地。大
宛出名马。

②竹批，形容马耳如竹尖。相马要看双耳。

【按】

三、四句，佳句。此诗力能扛鼎，势可拔山。杜甫诗中少见。

省试湘灵鼓瑟

钱起

善鼓云和瑟，常闻帝子灵^①。
冯夷空自舞^②，楚客不堪听^③。
苦调凄金石，清音入杳冥。

苍梧来怨慕④，白芷动芳馨⑤。

流水传湘浦，悲风过洞庭。

曲终人不见，江上数峰青。（平声青韵）

钱起，吴兴（今浙江湖州市）人，进士，唐代宗大历中为翰林学士，曾任考功郎中，故世称"钱考功"。钱起是大书法家怀素和尚之叔，是"大历十才子"之中杰出者，被誉为"大历十才子之冠"。与郎士元齐名，世人称之为"钱郎"，当时有"前有沈宋，后有钱郎"之说。

【注】

①帝子，湘水女神，舜妃。

②冯夷，河神。

③楚客，指贾谊。

④苍梧，传为舜帝所葬之地，书中代指舜帝。

⑤白芷，香草名。

【按】

这是一首五言长律，是钱起应科考时的答卷，并取得第一名。"曲终人不见，江上数峰青"为名句，许多人很赞赏。

题李凝幽居

贾岛

闲居少邻并，草径入荒园。

鸟宿池边树，僧敲月下门。

过桥分野色，移石动云根。

暂去还来此，幽期不负言。（平声元韵）

贾岛，河北道幽州范阳（今河北涿州）人，曾参加科举，但累举不中第。早年出家为僧，法号无本。据说曾作诗对禁止和尚午后外出发牢骚，被韩愈发现其过人才华，后来受教于韩愈，并还俗。唐文宗时贾岛被排挤，贬做遂州长江县（今四川遂宁市大英县）主簿，故称"贾长江"。贾岛一生穷愁，苦吟作诗，其诗多写荒凉枯寂之境，长于五律，重词句锤炼。与孟郊齐名，苏轼以"郊寒岛瘦"喻其诗之风格。

【按】

此诗即"推敲"一词的出处。最后确定用"敲"字是和韩愈商讨的。传说贾岛骑驴时思考作诗，过于专注，撞上京兆尹的仪仗队，被拘。诗中僧是贾岛自称，幽期指他和李凝的约会。"过桥分野色，移石动云根。"说明月色皎洁，也能分出桥两侧的夜景，云在夜空中也很清晰。古人认为"云触石而生"，故说石为云根。此句意为云在山石间飘移。

忆江上吴处士

贾岛

闽国扬帆去，蟾蜍亏复圆。

秋风生渭水^①，落叶满长安。

此地聚会夕，当时雷雨寒。

兰桡殊未返^②，消息海云端。（平声寒韵）

【注】

①此句又作"秋风吹渭水"。

②兰桡（ráo），船。

【按】

贾岛诗风清奇峭直。"秋风生渭水，落叶满长安"为名句，有盛唐风格。用平常语，比用绮丽语更胜一筹。此句乃情景交融之句。

题扬州禅智寺

杜牧

雨过一蝉噪，飘萧松桂秋。

青苔满阶砌，白鸟故迟留。

暮霭生深树，斜阳下小楼。

谁知竹西路，歌吹是扬州。（平声尤韵）

【按】

前六句写禅智寺的空寂、清幽，尾联则以繁华的城市景象烘托郊外的静谧。

晚晴

李商隐

深居俯夹城，春去夏犹清。
天意怜幽草，人间重晚晴。
并添高阁迥，微注小窗明。
越鸟巢干后，归飞体更轻。（平声庚韵）

李商隐，怀州河内（今河南沁阳市）人，进士，与杜牧合称"小李杜"。李商隐曾卷入"牛李党争"的政治旋涡，备受排挤，一生困顿不得志。李商隐刻意追求诗美，其诗构思新奇，风格秾丽，尤其是一些爱情诗和无题诗写得缠绵悱恻，优美动人，广为传诵。

【按】

"天意怜幽草，人间重晚晴"，妙句，也是美好的愿望，人年老体衰，如夕阳西下，人间常常爱幼胜敬老。旧时，有父母官一说，官待民如子，民尊官若父，这是君君、臣臣、父父、子子的体现。尽管中华文化一直宣传敬老，但总有不肖子孙。此联和李商隐另一联"夕阳无限好，只是近黄昏"相反照。

商山早行

温庭筠

晨起动征铎^①，客行悲故乡。

鸡声茅店月，人迹板桥霜。

槲叶落山路^②，枳花明驿墙^③。

因思杜陵梦^④，凫雁满回塘^⑤。（平声阳韵）

温庭筠，太原祁县（今属山西）人，出身没落贵族家庭，曾屡试不第，一生坎坷，终身潦倒。温庭筠富有天赋，文思敏捷，精通音律，诗词兼工。其诗辞藻华丽，秾艳精致，内容多写闺情，诗名与李商隐相伯仲，时称"温李"。其词更是刻意求精，注重文采和声情，成就在晚唐诸人之上，为"花间派"首要词人，被尊为"花间派"鼻祖，对词的发展影响很大。在词史上，与韦庄齐名，并称"温韦"。

【注】

①铎，铃。

②槲（hú），一种树木。

③枳（zhǐ），树名，春天开白花。

④杜陵，地名，在今西安。

⑤凫，野鸭。回，来回、曲折意。

【按】

"鸡声茅店月，人迹板桥霜"，写羁旅穷愁，如在眼前。

七律

秋兴·其一

杜甫

玉露凋伤枫树林，巫山巫峡气萧森。

江间波浪兼天涌，塞上风云接地阴。

丛菊两开他日泪，孤舟一系故园心。

寒衣处处催刀尺①，白帝城高急暮砧。（平声侵韵）

【注】

①刀尺，指缝裁衣服。

【按】

五、六句，思乡忧国。

曲江·其二

杜甫

朝回日日典春衣，每日江头尽醉归。

酒债寻常行处有，人生七十古来稀。

穿花蛱蝶深深见，点水蜻蜓款款飞。

传语风光共流转，暂时相赏莫相违。（平声微韵）

【按】

"人生七十古来稀"，人皆知，此为出处。现在人生七十不稀奇了。三、四句对仗非常奇异，粗看似对非对，实则是酒债（仄仄）对人生（平平）、寻常（平平）对七十（仄仄）、行处有（平仄仄）对古来稀（仄平平），平仄一字不误、对仗工整，真巧妙至极，可见老杜功力之深。而且前句写酒债太多，走到哪儿都有，后句跳跃到人活到七十岁古来稀少。但此篇老杜心情蛮好，五、六句则是花和蝶，水和蜻蜓，真安贫乐道，自得其乐。

江上值水如海势聊短述

杜甫

为人性僻耽佳句①，语不惊人死不休。

老去诗篇浑漫兴，春来花鸟莫深愁。

新添水槛供垂钓，故着浮槎替入舟②。

焉得思如陶谢手③，令渠述作与同游④。（平声尤韵）

【注】

　　①耽，爱好，沉湎。

　　②槎（chá），木筏。

　　③陶谢，陶潜、谢灵运。

　　④渠，他。

【按】

　　"语不惊人死不休"，后代学人常用。年轻时的杜甫也常有豪言壮语，也意气风发，"致君尧舜上，再使风俗淳"。这篇是晚年之作，依旧有理想抱负。他在诗坛上的名誉，足以证明他做到了"语不惊人死不休"。

献淮宁军节度使李相公

刘长卿

建牙吹角不闻喧，三十登坛众所尊。

家散万金酬士死，身留一剑答君恩。

渔阳老将多回席，鲁国诸生半在门。

白马翩翩春草绿①，邵陵西去猎平原②。（平声元韵）

【注】

①春草绿，又作春草细。

②邵陵，又作郊原。

【按】

此诗被明代诗家推为中唐七律第一。"家散万金"二句是壮语，结语闲雅、意味深长。整篇劲健、高华。渔阳老将指安史之乱后归顺的藩镇降将；鲁国诸生，指叔孙通率鲁地诸生参见刘邦，武将避席，儒生投奔，显其文韬武略。最后两句从曹植《白马篇》中化出，突显李相公捐躯赴国难、视死如归。李相公，李忠臣，平定安史之乱的名将。

夏夜宿表兄话旧

窦叔向

夜合花开香满庭，夜深微雨醉初醒。

远书珍重何由达①，旧事凄凉不可听。

去日儿童皆长大，昔年亲友半凋零。

明朝又是孤舟别，愁见河桥酒幔青。（平声青韵）

窦叔向，扶风平陵（今陕西咸阳市）人，进士，曾任左拾遗，卒后追赠工部尚书。

【注】

①何由达，又作何曾达。

【按】

颈联作家常语，使人更觉亲近。

始闻秋风

刘禹锡

昔看黄菊与君别，今听玄蝉我却回。

五夜飕飗枕前觉①，一年颜状镜中来。

马思边草拳毛动②，雕盼青云倦眼开③。

天地肃清堪四望，为君扶病上高台。（平声灰韵）

【注】

①五夜，一夜分为五更次，此指五更。飕（sōu）飗（liú），寒风，寒气。

②拳毛，意同卷毛。

③盼，又作眄（miàn），斜视。

【按】

刘禹锡诗笔健、痛快。三、四句犹叹岁月不饶人，而五、六句"马思边草拳毛动，雕盼青云倦眼开"，豪情不改，为名句。

放言五首·其三

白居易

赠君一法决狐疑，不用钻龟与祝蓍①。

试玉要烧三日满，辨材须待七年期②。

周公恐惧流言日③，王莽谦恭未篡时④。

向使当初身便死，一生真伪复谁知？（平声支韵）

【注】

①钻龟为卜，用蓍（shī）草为卦。

②材，指樟木。

③周公旦，在成王年幼继位后摄政，召公奭等不解。经过他的治理政权安定，后其还政于成王。

④王莽，当宰相时很谦逊，也尊重皇上，后篡权夺皇位。

【按】

"周公恐惧流言日，王莽谦恭未篡时"是名句。若周公还政于成王前去世，为奸臣。王莽若先死无篡位之事，则忠臣。一言难尽。老子云"慎终若始"，真不易。

别舍弟宗一

柳宗元

零落残魂倍黯然①，双垂别泪越江边。

一身去国六千里，万死投荒十二年。

桂岭瘴来云似墨②，洞庭春尽水如天。

欲知此后相思梦，长在荆门郢树烟③。（平声先韵）

　　柳宗元，河东郡（今山西运城市永济、芮城一带）人，世称"柳河东""河东先生"，因官终柳州刺史，又称"柳柳州"。柳宗元与韩愈共同倡导唐代古文运动，并称为"韩柳"，与刘禹锡并称"刘柳"，与王维、孟浩然、韦应物并称"王孟韦柳"。

【注】

　　①残魂，又作残红。

　　②瘴，疟疾。

　　③郢，楚国都城，在今湖北江陵西北。

【按】

　　柳文名重，既刺世事，又豪健，关心百姓疾苦；此诗则语意真切，感情深沉。尾联相思梦如郢树烟，寓意新。

九日齐山登高

杜牧

江涵秋影雁初飞，与客携壶上翠微。

尘世难逢开口笑，菊花须插满头归。

但将酩酊酬佳节，不用登临恨落晖。

古往今来只如此，牛山何必独沾衣^①。（平声微调）

【注】

①牛山，春秋齐景公登牛山北坐，感叹人生无常而落泪。

【按】

与张祜同游。"尘世难逢开口笑，菊花须插满头归"是对人情淡漠的感叹，也是自乐。其实逢人开口笑也有真伪之别，笑面虎更可怕。

马嵬·其二

李商隐

海外徒闻更九州，他生未卜此生休①。

空闻虎旅传宵柝②，无复鸡人报晓筹③。

此日六军同驻马，当时七夕笑牵牛。

如何四纪为天子④，不及卢家有莫愁⑤。（平声尤韵）

【注】

①他生，来生。

②宵柝（tuò），刁斗，军中铜器，用以巡逻打更。

③鸡人，宫中不养鸡，设鸡人报时，类打更。

④四纪，十二年为一纪，玄宗在位四十五年，近四纪。

⑤莫愁，传说中知声乐善歌舞的女子，一说嫁到郢州，一说嫁至金陵，古乐府中常以莫愁作曲。

【按】

五、六句为佳句，讽唐玄宗马嵬之变是咎由自取。

伤乱

韩偓

岸上花根总倒垂，水中花影几千枝。

一枝一影寒山里，野水野花清露时。

故国几年犹战斗，异乡终日见旌旗。

交亲流落身羸病，谁在谁亡两不知。（平声支韵）

◐◑ 韩偓，京兆万年（今陕西西安市）人，进士，官至中书舍人，"南安四贤"之一。韩偓聪敏好学，十岁能诗，得到姨父李商隐赞誉。韩偓信仰道教，擅写宫词，多写艳情，辞藻华丽，人称"香奁体"。

【按】

三、四句的写法，晚唐诗人常如此炼句，如李山甫《寒食诗》："柳带东风一向斜，春阴澹澹蔽人家。有时三点两点雨，到处十枝五枝花。万井楼台疑绣画，九原珠翠似烟霞。年年今日谁相问，独卧长安泣岁华。"虽无盛唐气象，也是晚唐人之妙。

山中寡妇

杜荀鹤

夫因兵死守蓬茅，麻苎衣衫鬓发焦。

桑柘废来犹纳税，田园荒后尚征苗。

时挑野菜和根煮，旋斫生柴带叶烧。

任是深山更深处，也应无计避征徭。（平声萧韵）

🔲🔲 杜荀鹤，池州石埭（今安徽石台县）人，出身寒微，进士，曾授翰林学士，知制诰。杜荀鹤以"诗旨未能忘救物"（《自叙》）自期，故而对晚唐的混乱黑暗以及人民由此而深受的苦痛，有颇多反映。

【按】

杜荀鹤最出名的是《春宫怨》（见《唐诗三百首》）。他有不少描写民间疾苦的诗，有正义感。郑板桥有首名联"扫来竹叶烹茶叶，劈碎（斫取）松根煮菜根"，就是从本诗五、六句化来。成都青城山有此联。

秋宿湘江遇雨

谭用之

江上阴云锁梦魂，江边深夜舞刘琨①。

秋风万里芙蓉国，暮雨千家薜荔村。

乡思不堪悲橘柚，旅游谁肯重王孙。

渔人相见不相问，长笛一声归岛门。（平声元韵）

谭用之，籍贯不详，晚唐人，仕途坎坷，颠沛流离。

【注】

①刘琨，西晋人，与祖逖友，一同闻鸡起舞。

【按】

颔联是名句。可惜芙蓉国，到处薜荔村。毛泽东主席诗句有"芙蓉国里尽朝晖""千村薜荔人遗矢"。此篇遒劲浑厚。

五绝

蝉

虞世南

垂绥饮清露①，流响出疏桐。
居高声自远，非是藉秋风。（平声东韵）

虞世南，南陈至隋唐文学家、政治家、书法家，与欧阳询、褚遂良、薛稷合称"初唐四大书家"。

【注】

①绥（ruí），古时帽带的下垂物，借指蝉的触须，又暗指品官显贵或品行高贵之人。三、四句是名句。

【按】

虞世南，出身官宦人家，历仕陈、隋二代，隋朝灭亡后，依附于窦建德。秦王李世民灭窦建德后，引虞为秦王府参军等职。他敢于对唐太宗直谏，曾劝阻李世民筑陵厚葬，不要恣意游猎，太宗纳谏。帝为虞升迁，虞坚辞不受，时人称他"德行、忠直、博学、文词、书翰"五绝。古代士人风范令今人钦佩不已。

于易水送人一绝

骆宾王

此地别燕丹，壮士发冲冠。

昔时人已没，今日水犹寒。（平声寒韵）

骆宾王，婺州义乌（今属浙江）人，与王勃、杨炯、卢照邻合称"初唐四杰"。骆宾王出身寒微，少有才名，七岁能诗，号称"神童"，据说《咏鹅》诗就是此时所作。骆宾王曾跟随英国公徐敬业起兵讨伐武则天，撰写《讨武曌檄》。

【按】

荆轲刺秦王的故事流传很广。此诗为其未果而惋惜，也有世无荆轲之叹。骆曾随徐敬业起兵讨伐武则天，撰写《讨武曌檄》，其中"一抔之土未干，六尺之孤何托"二句，连武则天见到都赞其文采。兵败后，骆不知所终。今江苏南通狼山有其墓。

秋浦歌（选二首）

李白

（其十四）

炉火照天地，红星乱紫烟。

赧郎明月夜^①，歌曲动寒川。（平声先韵）

【注】

①赧（nǎn）郎，红脸汉。炉火将工人脸映红。

【按】

此诗写冶炼的场景。工人边劳动边唱歌，或喊劳动号子，诗人以饱满的热情赞颂冶炼工人。这在唐诗中不多见，尤显得珍贵。

（其十五）

白发三千丈，缘愁似个长。

不知明镜里，何处得秋霜。（平声阳韵）

【按】

"白发三千丈"，真是劈空而来，因愁生白发，常有人写，而三千丈的愁思，不可想象。只有诗仙出此奇思妙想。本篇流传较广。

独坐敬亭山

李白

众鸟高飞尽，孤云独去闲。

相看两不厌，只有敬亭山。① (平声删韵)

【注】

①敬亭山，在安徽宣城。

【按】

诗人看山，山亦看人，本诗写尽对山川的热爱。青山在李白的眼中和人一样，是有感情的。

绝句

杜甫

迟日江山丽，春风花草香。

泥融飞燕子，沙暖睡鸳鸯。 (平声阳韵)

【按】

一派悠闲的景色。

剑客

贾岛

十年磨一剑，霜刃未曾试。

今日把示君，谁有不平事？ *（去声寘韵）*

【按】

不得志之作。

江行望匡庐

钱珝①

咫尺愁风雨，匡庐不可登。

只疑云雾窟，犹有六朝僧。 *（平声蒸韵）*

钱珝，吴兴（今浙江湖州市吴兴区）人。

【注】

①《唐诗别裁》《千家诗》将此诗注为"钱起"所作。

【按】

途经而未登庐山之遗憾。作者有比兴。

题红叶诗

韩氏

流水何太急，深宫尽日闲。
殷勤谢红叶，好去到人间。（平声删韵）

 韩氏，宫女。传说因往溪中投红叶诗，被某书生拾到，后韩氏
出宫，偶遇该书生，喜结良缘。

【按】

　　韩氏向往民间自由生活，追求美满婚姻，是人之常情。"告子曰：
食色，性也。"《孟子·告子上》。唐诗中写宫怨的诗不少，体现了诗
人的同情心，而韩氏则大胆追求，可钦。

答人

太上隐者

偶来松树下，高枕石头眠。

山中无历日，寒尽不知年。（平声先韵）

太上隐者，唐朝人，不著姓名，隐居终南山。

【按】

陶弘景（南朝道教领袖、中医药家）有首《山中问答》："山中何所有，岭上多白云。只可自怡悦，不堪持赠君。"与太上诗味不同，各自有其道家生活，但有一点相同：自我。

七绝

塞上听吹笛

高适

雪净胡天牧马还，月明羌笛戍楼间。

借问梅花何处落，风吹一夜满关山。（平声删韵）

高适，沧州渤海蓨县（今河北景县）人，出身名门，进士，与岑参、王昌龄、王之涣合称"边塞四诗人"。

【按】

有人认为此诗是与王之涣《出塞》的唱和之作，有道理。"梅花"和"杨柳"都是古曲名，同用羌笛演奏，和诗押相同韵。"春风不度玉门关"，悲壮；"风吹一夜满关山"，雄壮。

别董大

高适

千里黄云白日曛，北风吹雁雪纷纷。
莫愁前路无知己，天下谁人不识君。（平声文韵）

【按】

王维《渭城曲》曰"西出阳关无故人"，虽叙友情，不免有点凄凉，而高适则反其道而言之，显得阳光。

赠汪伦

李白

李白乘舟将欲行，忽闻岸上踏歌声。

桃花潭水深千尺，不及汪伦送我情。（平声庚韵）

【按】

桃花潭在今安徽泾县，汪伦邀李白做客。后来有人就编出个"十里桃花，万家酒店"的故事。李白生性豪爽、落拓，爱交朋友，即使普通人也可成好友。

望天门山

李白

天门中断楚江开，碧水东流至此回。
两岸青山相对出，孤帆一片日边来。（平声灰韵）

【按】

天门山在安徽马鞍山。两山夹江峙立，江水至此回旋。这是一幅淡雅的山水画。

与史郎中钦听黄鹤楼上吹笛

李白

一为迁客去长沙，西望长安不见家。
黄鹤楼中吹玉笛，江城五月落梅花。（平声麻韵）

【按】

李白是个书生，永王璘邀之，欣然答应。璘犯案白亦获罪，流放夜郎，半途而赦。此乃去时途中之作，虽为迁客，不见其忧伤之情，依然欣赏玉笛吹奏《梅花落》曲。这般心态，令人敬之。

戏赠杜甫

李白

饭颗山头逢杜甫，顶戴笠子日卓午^①。

借问别来太瘦生，总为从前作诗苦。（上声麌韵）

【注】

①卓午，正午。

【按】

李杜感情甚笃。《唐诗三百首》中有杜甫忆李白诗。李白此诗作调侃语，两人不同性格，跃然纸上。

戏为六绝句·其二

杜甫

王杨卢骆当时体，轻薄为文哂未休。

尔曹身与名俱灭，不废江河万古流。（平声尤韵）

【按】

对初唐四杰王勃、杨炯、卢照邻、骆宾王，当时人颇有微词。杜甫虽说是戏作，实则肯定他们扫除六朝诗绮靡之风，对唐诗发展起到开拓作用。评价是中肯的。

赠花卿

杜甫

锦城丝管日纷纷，半入江风半入云。

此曲只应天上有，人间能得几回闻。（平声文韵）

【按】

三、四句平常语却是名句。今人常套用之，如"人生难得几回搏"等。

兰溪棹歌

戴叔伦

凉月如眉挂柳湾，越中山色镜中看。

兰溪三日桃花雨，半夜鲤鱼来上滩。（平声删韵）

戴叔伦，润州金坛（今属江苏常州市金坛区）人，曾任新城令、东阳令、抚州刺史、容管经略使，晚年上表自请为道士。其诗多表现隐逸生活和闲适情调，但也有诗篇反映人民生活的艰苦。

【按】

如诗如画的美景：月色，柳枝，河湾，青山如黛，蒙蒙细雨，桃花正开，鲤鱼在水中跳跃。

题都城南庄

崔护

去年今日此门中，人面桃花相映红。

人面不知何处去，桃花依旧笑春风。（平声东韵）

崔护，蓝田（今属陕西）人，进士，曾任岭南节度使。

【按】

崔护年少时独自春游，口渴到一户农家讨水喝，开门后一少女和他互相对视，含情脉脉。第二年再造访，敲门无人。崔写了此诗，后人就编了不同版本的故事。

春雪

韩愈

新年都未有芳华，二月初惊见草芽。

白雪却嫌春色晚，故穿庭树作飞花。（平声麻韵）

【按】

　　雪花拟人化。三、四句是名句。

早春呈水部张十八员外·其一

韩愈

天街小雨润如酥，草色遥看近却无。

最是一年春好处，绝胜烟柳满皇都。（平声虞韵）

【按】

　　此诗共两首，其一很有名。"草色遥看近却无"，观物之细致，此句可比兴遐想。其二记邀张籍春游之事，附录于此，以观韩愈峻峭风格的另一面："莫道官忙身老大，即无年少逐春心。凭君先到江头看，柳色如今深未深。"

浪淘沙

刘禹锡

九曲黄河万里沙，浪淘风簸自天涯。

如今直上银河去，同到牵牛织女家。（平声麻韵）

【按】

一气呵成，爽快流畅。

再游玄都观

刘禹锡

百亩庭中半是苔，桃花净尽菜花开。

种桃道士归何处，前度刘郎今又来。（平声灰韵）

【按】

刘写此诗前十几年，曾游此观，写了首《元和十一年自朗州召至京戏赠看花诸君子》："紫陌红尘拂面来，无人不道看花回。玄都观里桃千树，尽是刘郎去后栽。"他调回京城，此诗被人告发，又贬出京。再游时写了"前度刘郎今又来"，可见刘不屈不挠的性格。

赏牡丹

刘禹锡

庭前芍药妖无格，池上芙蕖净少情。

唯有牡丹真国色，花开时节动京城。（平声庚韵）

【按】

描写牡丹不易，除李白《清平调》外，唯此诗流传广。李商隐也写过咏牡丹的诗："锦帏初卷卫夫人，绣被犹堆越鄂君。垂手乱翻雕玉佩，折腰争舞郁金裙。石家蜡烛何曾剪，荀令香炉可待熏？我是梦中传彩笔，欲书花叶寄朝云。"但用典故太多。人们反而一头雾水。

秋词（选一首）

刘禹锡

自古逢秋悲寂寥，我言秋日胜春朝。

晴空一鹤排云上，便引诗情到碧霄。（平声萧韵）

【按】

刘诗一反常调，另辟蹊径，不仅不悲秋，而且歌颂秋日胜春朝。且写诗时被谪外地，毫无颓唐心态，希望如鹤破云直到碧霄，如红叶从枯叶中脱颖而出。《秋词》（二）为："山明水净夜来霜，数树深红出浅黄。试上高楼清入骨，岂如春色嗾（sǒu）人狂。"

暮江吟

白居易

一道残阳铺水中，半江瑟瑟半江红。
可怜九月初三夜，露似真珠月似弓。（平声东韵）

【按】

写夕阳，李商隐"夕阳无限好，只是近黄昏"显得无奈。白诗是"半江红"，感到可爱。九月初三月（上弦月）似弓，而露珠似珍珠，这是对未来充满冀望，心情也显然怡然。

江南春

杜牧

千里莺啼绿映红，水村山郭酒旗风。
南朝四百八十寺，多少楼台烟雨中。（平声东韵）

【按】

写建康（今南京）的春色，以景寄寓兴亡之感。诗清丽俊逸，是篇名诗。南朝（宋齐梁陈）多好佛，出名的有梁武帝。四百八十寺，是虚指，形容寺庙之多。据说禅宗达摩祖师抵达建康，面见梁武帝，帝询"何为佛教第一义"，达摩回答"没有第一义"，又问"我修了这么多寺庙，应该不少功德吧"，答"并无功德"。因话不投机，达摩离开建康北上，传说过江时，随手折一根芦苇，站在上面渡过长江，人称"一苇渡江"，后传说去中岳嵩山修行传法。

过华清宫绝句 · 其一

杜牧

长安回望绣成堆，山顶千门次第开。

一骑红尘妃子笑，无人知是荔枝来。（平声灰韵）

【按】

　　杨贵妃爱吃荔枝，当时从两广运来，保鲜不易。现在简单了。讽刺诗也。史称杜牧刚直有气节，不为小谨，敢论列大事，指陈利病尤切。其《阿房宫赋》很著名，文中写道："呜呼！灭六国者，六国也，非秦也；族秦者，秦也，非天下也。嗟夫！使六国各爱其人，则足以拒秦；使秦复爱六国之人，则递三世可至万世而为君，谁得而族灭也？秦人不暇自哀，而后人哀之。后人哀之而不鉴之，亦使后人而复哀后人也。"箴言也。

叹花

杜牧

自是寻春去校迟①，不须惆怅怨芳时。

狂风落尽深红色，绿叶成阴子满枝②。（平声支韵）

【注】

①校，同"较"。

②意为结婚生子。今人常借用。

【按】

杜牧多年前见一女，尚幼，再见时，当然变化很大，有感而诗。杜牧本来风流倜傥，后人借题发挥。

谢亭送别

许浑

劳歌一曲解行舟，红叶青山水急流。

日暮酒醒人已远，满天风雨下西楼。（平声尤韵）

【按】

送别诗很多，许浑送客居然喝醉了，另一番友情。

题鹤林寺僧舍

李涉

终日昏昏醉梦间，忽闻春尽强登山。

因过竹院逢僧话，又得浮生半日闲。（平声删韵）

李涉，生卒不详，洛阳（今属河南）人，曾任国子监博士。

【按】

第四句是名句。现在人常说"偷得浮生半日闲"。

宿骆氏亭寄怀崔雍崔衮

李商隐

竹坞无尘水槛清，相思迢递隔重城。

秋阴不散霜飞晚，留得枯荷听雨声。（平声庚韵）

【按】

《红楼梦》引是诗作"留得残荷听雨声"，"残"似更雅，而"枯"字才是李商隐的心声。是名句。

吟韩冬郎·其一

李商隐

十岁裁诗走马成，冷灰残烛动离情。

桐花万里丹山路，雏凤清于老凤声。（平声庚韵）

【按】

　　韩东郎是李的连襟韩瞻（字畏之）之子韩偓，小名冬郎。原题："韩冬郎即席为诗相送一座尽惊他日余方追吟连宵侍坐裴回久之句有老成之风因成二绝寄酬兼呈畏之员外"。第四句是名句，长者常用来激励表扬后生。没有查阅到韩偓的原诗。韩偓在唐末是著名诗人，唐昭宗欲用其为相，偓荐他人任之。后忤朱全忠（篡弑昭宗自立为后梁帝）被贬，终身不食梁禄。其诗风婉丽，人有节义。今录其《安贫》供读者观之："手风慵展八行书，眼暗休寻九局图。窗里日光飞野马，案头筠管长蒲卢。谋身拙为安蛇足，报国危曾捋虎须。举世可能无默识，未知谁拟试齐竽。"

赠项斯

杨敬之

几度见诗诗总好，及观标格过于诗。
平生不解藏人善，到处逢人说项斯。（平声支韵）

杨敬之，虢州弘农（今河南灵宝）人，安史之乱中移家吴（今苏州）。唐代文学家杨凌之子。

【按】

项斯始未有名，杨赠诗未几，达长安及第。杨为国子监祭酒。末句常用为荐人之语。

淮上与友人别

郑谷

扬子江头杨柳春，杨花愁杀渡江人。
数声风笛离亭晚，君向潇湘我向秦。（平声真韵）

郑谷，晚唐宜春（今属江西）人，进士。官至都官郎中。

【按】

唐七绝压卷诸家各异，清沈德潜誉李益之"回乐峰前"，刘禹锡之"山围故国"，杜牧之"烟笼寒水"，郑谷之"扬子江头"为晚唐四首最著名的七绝。

下第后上永崇高侍郎

高蟾

天上碧桃和露种，日边红杏倚云栽。

芙蓉生在秋江上，不向东风怨未开。（平声灰韵）

高蟾，晚唐郡望渤海（今河北沧州一带）人，进士。

【按】

高与郑谷友。其《金陵晚望》"曾伴浮云归晚翠，犹陪落日泛秋声。世间无限丹青手，一片伤心画不成"亦出名。红杏在日边，自然倚云栽种。这是高蟾未中进士之作，毫无怨言，继续努力，终遂平生志。真忠恕之人。

己亥岁二首·其一

曹松

泽国江山入战图，生民何计乐樵苏^①。
凭君莫话封侯事，一将功成万骨枯。（平声虞韵）

曹松，晚唐舒州（今属安徽）人，七十余岁登进士科，特授校书郎。

【注】

①樵苏，砍柴割草。

【按】

"一将功成万骨枯"，是为警句。作者厌战反战，尊重人的生命，极富同情心。

管窥续

五古

咏鹅

骆宾王

鹅，鹅，鹅，曲项向天歌。
白毛浮绿水，红掌拨清波。（平声歌韵）

【按】

　　这是骆宾王童稚之作。很有趣。

黄台瓜辞

李贤

种瓜黄台下，瓜熟子离离。
一摘使瓜好，再摘令瓜稀。
三摘尚自可，摘绝抱蔓归。（平声微韵）

　　李贤，章怀太子，唐高宗和武后所生次子。高宗初立李忠为太子，后武后生弘，立弘而废忠。弘数忤武后，立贤为太子。贤明察，高宗不在京时，处理政事恰当。但母子不和，贤被污为谋反，贬为庶人，流放四川巴州。武则天最终派人将其关押，逼其自尽。

李贤曾组织文官注疏《后汉书》，深得历来史家赞誉。章怀太子是武则天死后唐睿宗追谥的封号。此诗是欲冀武后，以求自保。

【按】

生在皇家也不易。武则天为谋当皇后，杀死襁褓中的亲生女儿；为谋皇权杀死当太子的两个儿子。常言道："虎不食子"，而武后心太狠，说起此事，后脊骨冰凉。

题张老松树

宋之问

岁晚东岩下，周顾何凄恻。

日落西山阴，众草起寒色。

中有乔松树，使我长叹息。

百尺无寸枝，一生自孤直。（入声职韵）

宋之问，汾州人（今山西汾阳市）人，一说虢州弘农（今河南灵宝）人，进士，做官累转尚书监丞、左奉宸内供奉。唐中宗时，以告密有功，擢鸿胪主簿，迁考功员外郎，唐玄宗李隆基即位后，被赐死于徙所。另，民间有传说他为了将"年年岁岁花相似"句攫为己有，杀了外甥刘希夷。宋之问的诗多歌功颂德之作，文辞华丽，自然流畅，对律诗定型颇有影响。

【按】

尾两句是佳句。宋之问，进士，富有才华，和沈佺期一起对律诗的定型起到规范作用，史称"沈宋"。其五律赡丽精严，时有佳句，如"谷暗千旗出，山鸣万乘来""就日离亭近，弥天别路长""野人相问姓，山鸟自呼名"。宋攀附张易之而贬，玄宗时赐死于岭南。其人品历来评价不高，此诗中"百尺无寸枝，一生自孤直"是自诩。人不能仅听其言，要观其行为，更要看结果。子曰："始，吾于人也，听其言而信其行；今，吾于人也，听其言而观其行。于予与改是。"（《论语·公冶长》）

叙怀二首·其一

张九龄

弱岁读群史，抗迹追古人①。
被褐有怀玉②，佩印从负薪③。
志合岂兄弟，道行无贱贫。
孤根亦何赖，感激此为邻。（平生真韵）

张九龄，韶州曲江（今广东韶关市）人，进士，官至中书令，被称为开元盛世的最后名相。张九龄积极发展五言古诗，诗风清淡，以素练质朴的语言，寄托深远的人生慨望，对扫除唐初所沿袭的六朝绮靡诗风，贡献尤大。

【注】

①抗迹，坚守节操，高尚的道德。

②褐（hè），粗布衣服。此句出自《老子》，穿粗布衣服，而有美玉一样的品质和才华。

③佩印，指当官。当官如同背柴负重，要负责任。

【按】

张相不拉帮结派，任用有道德的人而不分贵贱贫富。

失题

王昌龄

奸雄乃得志，遂使群心摇。

赤风荡中原，烈火无遗巢。

一人计不用，万里空萧条。（平声萧韵）

【按】

今诗题不存，故曰失题。是时，张九龄任宰相，范阳节度使的副将安禄山讨伐奚、契丹兵败，按律节度使张守珪和安禄山被判死刑。唐玄宗竟赦免安。张九龄上书："安禄山狼子野心，有谋反之相。请上诛之，以绝后患。"玄宗未采纳，并放安禄山回到藩地，安终谋反。

江上琴兴

常建

江上调玉琴，一弦清一心。

泠泠七弦遍①，万木澄幽阴。

能使江月白，又令江水深。

始知梧桐枝，可以徽黄金②。（平声侵韵）

🔲🔲 常建，其故里说法不一，一说长安（今陕西西安），也有说为邢州（今河北邢台市内丘县），与王昌龄同榜进士，曾任盱眙尉，但仕宦不得意，来往山水名胜，长期过着漫游生活，后移家隐居鄂渚。

【注】

①泠（líng）泠，清凉，声音清越。

②徽，系琴弦的绳，后用作抚音标记的名称。

【按】

常建诗风清新、高远。

古朗月行

李白

小时不识月，呼作白玉盘。

又疑瑶台镜，飞在青云端。

仙人垂两足①，桂树何团团。

白兔捣药成，问言与谁餐。

蟾蜍蚀圆影，大明夜已残。

羿昔落九乌②，天人清且安。

阴精此沦惑，去去不足观。

忧来其如何，凄怆摧心肝。（平声寒韵）

【注】

　　①仙人，传说中驾月的车夫，名坐舒。

　　②羿，古神话中射落九个太阳的英雄。

【按】

　　前八句瑰丽神奇，令人神往；后八句作隐语，主旨不明说，暗指唐玄宗沉湎声色，只能"凄怆摧心肝"。

丁都护歌

李白

云阳上征去①，两岸饶商贾。

吴牛喘月时②，拖船一何苦。

水浊不可饮，壶浆半成土。

一唱都护歌，心摧泪如雨。

万人系磐石，无由达江浒。

君看石芒砀③，掩泪悲千古。（上声麌韵）

【注】

①云阳，今江苏丹阳。

②吴牛喘月，吴地湿热，牛看到月亮会大口喘气。这里形容天地酷热。

③芒砀，形容石头粗重难移。

【按】

李白忧国忧民的诗篇较少，此篇即是，可见其赤子之心。

子夜吴歌（冬歌）

李白

明朝驿使发，一夜絮征袍。
素手抽针冷，那堪把剪刀。
裁缝寄远道，几日到临洮。（平声豪韵）

【按】

太白诗宜通篇体味，信手拈来，余韵久长。

古风·其三

李白

秦王扫六合，虎视何雄哉！
挥剑决浮云，诸侯尽西来。
明断自天启，大略驾群才。
收兵铸金人①，函谷正东开②。
铭功会稽岭③，骋望琅琊台。
刑徒七十万，起土骊山隈。
尚采不死药，茫然使心哀。
连弩射海鱼，长鲸正崔嵬④。

额鼻象五岳，扬波喷云雷。

鬐鬣蔽青天⑤，何由睹蓬莱？

徐市载秦女⑥，楼船几时回？

但见三泉下，金棺葬寒灰。（平声灰韵）

【注】

    ①金人，熔铜为金人。

    ②函谷，关名，秦时位于今河南灵宝市。

    ③会稽，今浙江绍兴。

    ④崔嵬，高大貌。

    ⑤鬐（qí）鬣（liè），鱼鳍，鱼翅。

    ⑥徐市（fú），即徐福。秦女，指徐福乘船载童男童女寻仙药。

【按】

    李白讽刺秦始皇又要长生不死，又修高陵，岂不矛盾。现在有人视秦始皇完全为正面形象，不实。秦始皇有统一之功，也有暴政之过。应公允介绍，不以功掩过，不以过否功，功过各表最宜。

送杨山人归嵩山

李白

我有万古宅，嵩阳玉女峰。

长留一片月，挂在东溪松。

尔去掇仙草①，菖蒲花紫茸。

岁晚或相访，青天骑白龙。（平声冬韵）

【注】

①掇（duō），拾取。

【按】

诗仙的想象，真是横空出世。

前出塞·其六

杜甫

挽弓当挽强，用箭当用长。

射人先射马，擒贼先擒王。

杀人亦有限，列国自有疆①。

苟能制侵陵，岂在多杀伤。（平声阳韵）

【注】

①列，一作"立"。

【按】

杜甫忠君忧国忧民，诗篇中常常流露。本诗也充满人道主义精神。

羌村三首·其一

杜甫

峥嵘赤云西，日脚下平地。

柴门鸟雀噪，归客千里至。

妻孥怪我在，惊定还拭泪。

世乱遭飘荡，生还偶然遂。

邻人满墙头，感叹亦歔欷。

夜阑更秉烛，相对如梦寐。（去声寘韵）

【按】

战乱还家，自是情深。妻儿都以为我不在人世，惊愕之后，泪水流淌不止。邻居则在墙头探望。是幅写真画面。

观田家

韦应物

微雨众卉新，一雷惊蛰始。

田家几日闲，耕种从此起。

丁壮俱在野，场圃亦就理。

归来景常晏①，饮犊西涧水。

饥劬不自苦②，膏泽且为喜③。

仓廪无宿储，徭役犹未已。

方惭不耕者，禄食出闾里④。（上声纸韵）

韦应物，京兆杜陵（今陕西西安市）人，世称"韦苏州""韦左司""韦江州"。韦应物是山水田园派诗人，他的诗风澄澹精致，诗歌内容丰富，风格独特，影响深远，后人每以王（王维）孟

（孟浩然）韦柳（柳宗元）并称。

【注】

①景常晏，指天晚。

②劬（qú），劳累。

③膏泽，及时雨。

④闾里，村庄。

【按】

《红楼梦》曾写到"韦苏州之淡雅"。韦应物的诗在唐诗中的确独树一格，《唐诗三百首》选了十二首。此首和"邑有流亡愧俸钱"呼应，韦不仅淡雅，且关心民生疾苦，并提出官员的薪酬是出自交皇粮的老百姓（纳税人），而不提皇恩如何。沈德潜评价此诗"至处每在淡然无意，所谓天籁也"。

调张籍

韦愈

李杜文章在，光焰万丈长。

不知群儿愚，那用故谤伤。

蚍蜉撼大树，可笑不自量（liáng）。

伊我生其后，举颈遥相望（wāng）。

夜梦多见之，昼思反微茫。

徒观斧凿痕，不瞩治水航①。

想当施手时，巨刃磨天扬。

垠崖划崩豁，乾坤摆雷硠②。

惟此两夫子，家居率荒凉。

帝欲长吟哦，故遣起且僵③。

剪翎送笼中，使看百鸟翔。

平生千万篇，金薤垂琳琅④。

仙官敕六丁，雷电下取将⑤。

流落人间者，太山一豪芒⑥。

我愿生两翅，捕逐出八荒。

精诚忽交通，百怪入我肠⑦。

刺手拔鲸牙，举瓢酌天浆⑧。

腾身跨汗漫，不著织女襄⑨。

顾语地上友，经营无太忙。

乞君飞霞佩，与我高颉颃⑩。（平声阳韵）

【注】

①此两句，喻李杜诗篇如同大禹治水之成就。

②雷硠（láng），山崩之声。

③此四句说李杜是天帝派往人间的，让他们受苦、受磨难，又崛起，又困顿。

④金薤（xiè），喻文字之美。琳琅，玉石。

⑤六丁，雷电，皆天神。

⑥太山，泰山。豪芒，通"毫芒"。

⑦交通，交流。百怪，灵感。上四句是诗人感受。

⑧此两句喻李杜诗创作境界，能拔鲸牙，饮仙酒。

⑨汗漫，广漠无边之地。织女襄，织女所制天衣。

⑩颉（xié）颃（háng），上下飞扬。

【按】

在盛唐，杜甫诗并不受重视，人们更看重王、孟。后来儒者对杜诗评价渐高。而中唐时有人扬杜抑李。韩愈批评之，李白、杜甫的诗篇同样"光焰万丈长"。至今人们都知道"诗不过李杜"。

观刈麦

白居易

田家少闲月，五月人倍忙。

夜来南风起，小麦覆陇黄。

妇姑荷箪食①，童稚携壶浆。

相随饷田去②，丁壮在南冈。

足蒸暑土气，背灼炎天光。

力尽不知热，但惜夏日长。

复有贫妇人，抱子在其旁。

右手秉遗穗，左臂悬敝筐。

听其相顾言，闻者为悲伤。

家田输税尽，拾此充饥肠。

今我何功德，曾不事农桑。

吏禄三百石，岁晏有余粮。

念此私自愧，尽日不能忘。（平声阳韵）

【注】

①荷，挑担。箪，盛食物器具。

②饷，给下田的人送饭。

【按】

观农夫割麦，辛苦异常，自愧俸禄。

李都尉古剑

白居易

古剑寒黯黯，铸来几千秋。

白光纳日月，紫气排斗牛。

有客借一观，爱之不敢求。

湛然玉匣中，秋水澄不流。

至宝有本性，精刚无与俦。

可使寸寸折，不能绕指柔①。

愿快直士心，将断佞臣头。

不愿报小怨，夜半刺私仇。

劝君慎所用，无作神兵羞。（平声尤韵）

【注】

①出自《文选·刘琨〈重赠卢谌〉诗》："何意百炼钢，化为绕指柔。"白诗反其意用之。

【按】

好剑斩佞臣，不报私仇，有比兴。

长安羁旅行

孟郊

十日一理发，每梳飞旅尘。

三旬九过饮，每食唯旧贫。

万物皆及时，独余不觉春①。

失名谁肯访，得意争相亲。

直木有恬翼②，静流无躁鳞。

始知喧竞场，莫处君子身。

野策藤竹轻③，山蔬薇蕨新。

潜歌归去来，事外风景真。（平声真韵）

孟郊，湖州武康人（今浙江德清县）人，祖先世居洛阳（今河南洛阳），少时隐居嵩山。年轻时，孟郊两试不第，直至四十六岁时才中进士。由于做官不能舒展他的抱负，遂放迹林泉间，徘徊赋诗，以至公务多废。孟郊工诗，因其诗作多写世态炎凉，民间苦难，故有"诗囚"之称，与贾岛并称"郊寒岛瘦"。

【注】

①"独余"，《唐诗别裁》作"一人"。

②直木，直树。恬，安静。翼，借指枝叶。

③策，杖。

【按】

　　人常言，大隐隐于朝，中隐隐于市，小隐隐于野。孟郊则不以为然：喧竞场上无真君子。

游终南山

孟郊

南山塞天地，日月石上生。
高峰夜留景，深谷昼未明。
山中人自正，路险心亦平。
长风驱松柏，声拂万壑清。
即此悔读书，朝朝近浮名。（平声庚韵）

【按】

　　"山中人自正，路险心亦平"，人世间常如此。

橡媪叹

皮日休

秋深橡子熟，散落榛芜冈①。
伛偻黄发媪②，拾之践晨霜。
移时始盈掬，尽日方满筐。

几曝复几蒸，用作三冬粮。

山前有熟稻，紫穗袭人香。

细获又精舂，粒粒如玉珰。

持之纳于官，私室无仓箱。

如何一石余，只作五斗量！

狡吏不畏刑，贪官不避赃。

农时作私债，农毕归官仓。

自冬及于春，橡实诳饥肠。

吾闻田成子③，诈仁犹自王。

吁嗟逢橡媪，不觉泪沾裳。（平声阳韵）

皮日休，襄阳（今属湖北）人，进士，曾任太常博士，后被黄巢获，参加起义军，不知所终。

【注】

　　①榛芜，草木丛生。

　　②伛（yǔ）偻（lǚ），弯腰驼背。

　　③田成子，田常，春秋齐国相，在齐国收买人心，他的后人自立为齐王。

【按】

　　"狡吏不畏刑，贪官不避赃"，反腐败永远在路上。

七古

滕王阁诗

王勃

滕王高阁临江渚，佩玉鸣鸾罢歌舞。

画栋朝飞南浦云，珠帘暮卷西山雨。（上声麌韵）

闲云潭影日悠悠，物换星移几度秋。

阁中帝子今何在①？槛外长江空自流。（平声尤韵）

王勃，绛州龙门（今属山西河津）人，与杨炯、卢照邻、骆宾王共称"初唐四杰"。王勃聪敏好学，六岁能文，下笔流畅，被赞为"神童"，二十七岁自交趾探望父亲返回时，渡海溺水，惊悸而死。王勃擅长五律和五绝，著有《王子安集》《滕王阁序》等。

【注】

①帝子，指滕王。滕王阁是李渊之子李元婴所建。

【按】

此乃《滕王阁序》的最后一段诗。王勃曾为太子侍读，后戏作斗鸡檄文被免，又犯了他罪，连带其父被贬到交趾（今越南河内）当县令。他是到交趾看望父亲路过南昌，参加都督阎公宴会。原本阎公之婿已作了准备，可王勃毫不推辞就一气呵成写下千古名文。这篇骈文虽有南朝旧风，但洋溢着清新的气息。王勃回程时因落水而去世，年仅二十七岁。

送刘昱

李颀

八月寒苇花，秋江浪头白。

北风吹五两①，谁是浔阳客？ （入声陌韵）

鸱鹕山头微雨晴②，扬州郭里暮潮生。

行人夜宿金陵渚③，试听沙边有雁声。（平声庚韵）

李颀，籍贯说法不一，有郡望赵郡（今河北赵县）、河南颍阳（今河南登封市）之论，进士，曾任新乡县尉，后辞官归隐于颍阳之东川别业。李颀擅长七言歌行，所作边塞诗风格豪放，慷慨悲凉，与王维、高适、王昌龄等人皆有唱和。

【注】

　①五两，古代测风器，用鸡毛五两系在高杆顶上。

　②鸱鹕山，今不可考，从上下文看疑似在镇江。

　③渚（zhǔ），水中的小块陆地。

【按】

　这首送别诗似未写离情，而句句为远行者想象路途中的场景，实是情在深处。

人日寄杜二拾遗①

高适

人日题诗寄草堂，遥怜故人思故乡。

柳条弄色不忍见，梅花满枝空断肠。（平声阳韵）

身在远藩无所预，心怀百忧复千虑。

今年人日空相忆，明年人日知何处。（去声御韵）

一卧东山三十春②，岂知书剑老风尘。

龙钟还忝二千石③，愧尔东西南北人。（平声真韵）

【注】

　　①人日，正月初七。杜二，杜甫。

　　②东山，在浙江上虞，东晋太傅谢安曾隐居于此。后谢安运筹了淝水之战。"东山再起"成语出自此事。暗祝杜甫会被重用。

　　③忝（tiǎn），谦辞，有愧。这里高适指自己。石，担，计量单位。

【按】

　　作为好友的高适安慰杜甫，他由贫寒之士官至淮南节度使，而朋友之情不变。

胡笳歌送颜真卿使赴河陇

岑参

君不闻胡笳声最悲，紫髯绿眼胡人吹。

吹之一曲犹未了，愁杀楼兰征戍儿①。（平声支韵）

凉秋八月萧关道，北风吹断天山草。（上声皓韵）

昆仑山南月欲斜，胡人向月吹胡笳。（平声麻韵）

胡笳怨兮将送君，秦山遥望陇山云。

边城夜夜多愁梦，向月胡笳谁喜闻。（平声文韵）

岑参，荆州江陵（今湖北江陵县）人，一说南阳棘阳（今河南南阳市）人，进士，与高适并称"高岑"。岑参工诗，长于七言歌行，对边塞风光、军旅生活以及异域的文化风俗有亲切的感受，边塞诗尤多佳作。

【注】

①征戍儿，征人，前方将士。

【按】

颜真卿是著名书法家，且铁骨铮铮，在安史之乱时出使以说叛将，被杀，年七十多岁。其行书《祭侄文》为天下第二行书，因其侄颜季明抗击安史而牺牲，文辞和书法都透出悲痛和忠贞。

战城南

李白

去年战，桑干源，今年战，葱河道^①。

洗兵条支海上波^②，放马天山雪中草。

万里长征战，三军尽衰老。（上声先韵）

匈奴以杀戮为耕作，古来惟见白骨黄沙田。

秦家筑城备胡处，汉家还有烽火燃。（平声先韵）

烽火燃不息，征战无已时。

野战格斗死，败马号鸣向天悲。

乌鸢啄人肠，衔飞上挂枯树枝。

士卒涂草莽，将军空尔为。

乃知兵者是凶器，圣人不得已而用之。（平声支韵）

【注】

①葱河，即葱岭河，在新疆西南部。

②条支，古西域国名、地名，地在今伊朗西南部。唐朝安西都护府下设有条支都督府。

【按】

《老子》三十一章：“兵者不祥之器，非君子之器，不得已而用之，恬淡为上。胜而不美，而美之者，是乐杀人。”李白有反战思想。

把酒问月

李白

青天有月来几时，我今停杯一问之。

人攀明月不可得，月行却与人相随。（平声支韵）

皎如飞镜临丹阙，绿烟灭尽清辉发。

但见宵从海上来，宁知晓向云间没。（入声月韵）

白兔捣药秋复春，嫦娥孤栖与谁邻。

今人不见古时月，今月曾经照古人。（平声真韵）

古人今人若流水，共看明月皆如此。

唯愿当歌对酒时，月光长照金樽里。（上声纸韵）

【按】

把酒问月，把酒问青天，成为后代文人常用的词汇。

听颖师弹琴

韩愈

昵昵儿女语，恩怨相尔汝。（上声语韵）

划然变轩昂，勇士赴敌场。

浮云柳絮无根蒂，天地阔远随飞扬。

喧啾百鸟群，忽见孤凤皇。

跻攀分寸不可上，失势一落千丈强。

嗟余有两耳，未省听丝篁。

自闻颖师弹，起坐在一旁。

推手遽止之，湿衣泪滂滂。

颖乎尔诚能，无以冰炭置我肠①！　（平声阳韵）

【注】

①冰炭，指悲苦和快乐两种感情。

【按】

颖师是一位来自天竺（古印度）的琴师，是时名动京城。韩愈是懂琴的，虽谦虚讲"未省听丝篁"，实际完全融入了颖师的琴声中。前十句是描写声音的变幻，后八句写的是诗人听琴后的心情，进一步渲染烘托琴艺的高超水平："湿衣泪滂滂"，悲苦和快乐相映交加，如冰炭置肠。

节妇吟·寄东平李司空师道

张籍

君知妾有夫，赠妾双明珠。

感君缠绵意，系在红罗襦。　（平声虞韵）

妾家高楼连苑起，良人执戟明光里。

知君用心如日月，事夫誓拟同生死。　（上声纸韵）

还君明珠双泪垂，何不相逢未嫁时。　（平声支韵）

张籍，苏州人，少时寓居和州乌江（今安徽和县乌江镇），进士，世称"张水部""张司业"。张籍为韩愈大弟子，其乐府诗与王建齐名，并称"张王乐府"。张籍与李绅、元稹、白居易交游甚密，同为新乐府运动的倡导者和参与者。

【按】

中唐官场党争激烈。李师道欲拉张籍，张婉言以诗拒，表现了诗人忠贞不贰的性格。

水夫谣

王建

苦哉生长当驿边，官家使我牵驿船。
辛苦日多乐日少，水宿沙行如海鸟。
逆风上水万斛重，前驿迢迢后淼淼。
半夜缘堤雪和雨，受他驱遣还复去。
夜寒衣湿披短蓑，臆穿足裂忍痛何！
到明辛苦无处说，齐声腾踏牵船歌。
一间茅屋何所值，父母之乡去不得。
我愿此水作平田，长使水夫不怨天。（平声先韵）

王建，许州颍川（今河南许昌市）人，出身寒微，后中进士，但一生贫困潦倒，因曾任陕州司马，世称"王司马"。王建擅写乐府诗，与张籍齐名，世称"张王乐府"。王建诗作题材广泛，同情百姓疾苦，生活气息浓厚，思想深刻。善于选择有典型意义的人、事和环境加以艺术概括，集中反映现实，揭露社会矛盾。多用比兴、白描、对比等手法，常在结尾以重笔突出主题。体裁多为七言歌行，篇幅短小。语言通俗凝练，富有民谣谚语色彩。

【按】

唐诗中写水夫（船工，纤夫）的诗不少，王建此诗即是一例。我少年时在河边也常见纤夫劳动，但与川江上比，这里的纤道没有那么陡峭，水流也没有那么湍急。但是风吹、日晒、雨淋，真是苦不堪言。在民间，农家和船家极少有通婚的，因为船工太苦了，又漂泊不定。冬月天气已寒，船家的七八岁的儿童到街上陪大人买生活用品，竟然只穿一个空头棉袄，没有裤子，他们跑来跑去，玩得极开心。做手艺的人家的子女也当新奇之事。可见船家收入很菲薄，不像现在某些歌词写得那么洒脱而令人向往。一条船纤夫有若干人，不是荡湖船。

花非花

白居易

花非花，雾非雾。夜半来，天明去。

来如春梦几多时？去似朝云无觅处。（去声遇韵）

【按】

　　似写梦？什么梦？非花，非雾。以梦托事，恰如朝云，何处寻找？

将进酒

李贺

琉璃钟，琥珀浓，小槽酒滴真珠红。

烹龙炮凤玉脂泣①，罗帏绣幕围香风。（平声东韵）

吹龙笛，击鼍鼓②。皓齿歌，细腰舞。

况是青春日将暮，桃花乱落如红雨。

劝君终日酩酊醉，酒不到刘伶坟上土③。（上声麌韵）

【注】

　　①玉脂，油脂。

　　②鼍（tuó），扬子鳄。

③刘伶，魏晋名士，"竹林七贤"之一，善酿酒，亦善饮。

【按】

李白《将进酒》豪情万丈，与友饮，无丝竹乱耳；李贺此篇是柔情连绵，有伤春之叹。

五律

咏风

王勃

肃肃凉风生，加我林壑清。

驱烟寻涧户①，卷雾出山楹②。

去来固无迹，动息如有情。

日落山水静，为君起松声。（平声庚韵）

【注】

①涧户，山沟里人家。

②山楹，山间的房屋。

【按】

王勃诗 "海内存知己，天涯若比邻"，赋 "落霞与孤鹜齐飞，秋水共长天一色"，皆名句。其诗情谊深切，飘逸。如"无论去与往，俱是梦中人""影飘垂叶外，香度落花前"，亦调高气厚。此诗构思奇巧，余味深长。

从军行

杨炯

烽火照西京，心中自不平。

牙璋辞凤阙①，铁骑绕龙城②。

雪暗凋旗画，风多杂鼓声。

宁为百夫长，胜作一书生。（平声庚韵）

杨炯，华阴（今属陕西）人，"初唐四杰"之一。十岁被举为神童。官盈川县令，后人称"杨盈川"。

【注】

①牙璋，兵符。

②龙城，匈奴名城，故址在今蒙古国境内，此泛指敌方要塞。

【按】

此诗通常理解为书生投笔从戎的豪情。另释为杨炯对当年朝廷宠武臣，自己怀才不遇的不平，似穿凿。杨炯曾言"愧在卢前，耻居王后"，不服王勃也。

夜宿七盘岭

沈佺期

独游千里外，高卧七盘西。

山月临窗近，天河入户低。

芳春平仲绿①，清夜子规啼。

浮客空留听，襄城闻曙鸡②。（平声齐韵）

沈佺期，相州内黄（今河南内黄县）人，进士，官至太子少詹事。他与宋之问齐名，号称"沈宋"。他们的诗作大都是歌舞升平的应制诗，主要成就是总结了六朝以来声律方面的创作经验，完善了律诗形式，使之趋于成熟。

【注】

①平仲，银杏。

②襄城，地名，在陕西汉中。

【按】

这是沈流放时所作。"山月临窗近，天河入户低"，写七盘岭高，为佳句。沈佺朝和宋之问是五律标准化的形成者，对七律也起到过推动作用。

117

送著作佐郎崔融等从梁王东征

陈子昂

金天方肃杀，白露始专征。

王师非乐战，之子慎佳兵。

海气侵南部，边风扫北平。

莫卖卢龙塞①，归邀麟阁名②。（平声庚韵）

【注】

①卢龙塞，即今河北遵化县的喜峰口，是当时北平郡的边境要塞。

②麟阁，即麒麟阁，汉武帝时曾画霍光等功臣像置于此阁。

【按】

陈子昂是唐诗革新先驱，反对齐梁的浮靡诗风，提倡汉魏风骨。杜甫深受其诗影响。"王师非乐战，之子慎佳兵"表正义之师，有爱惜士兵之意。

送客

陈子昂

故人洞庭去，杨柳春风生。

相送河洲晚，苍茫别思盈。

白蘋已堪把，绿芷复含荣。

江南多桂树，归客赠生平。（平声庚韵）

【按】

唐人送别的诗很多。有王勃的"海内存知己，天涯若比邻"，王维的"西出阳关无故人"，高适的"天下谁人不识君"，王昌龄的"一片冰心在玉壶"等，而此诗则是祝人一生平安，别有一番情意。本篇在《唐诗别裁》中列为五古，也当。

春夜别友人二首·其一

陈子昂

银烛吐青烟，金樽对绮筵。

离堂思琴瑟，别路绕山川。

明月隐高树，长河没晓天。

悠悠洛阳道，此会在何年。（平声先韵）

【按】

此篇写富贵之家，绮丽而不失骨格。

送李邕

李峤

落日荒郊外，风景正凄凄。

离人席上起，征马路傍嘶。

别酒倾壶赠，行书掩泪题。

殷勤御沟水，从此各东西。（平声齐韵）

李峤，赵州（今属河北）人，进士。官至宰相，封赵国公。

【按】

倾壶赠酒，题书掩泪，真萧萧行色，难舍难分。

彩书怨

上官婉儿

叶下洞庭初，思君万里余。

露浓香被冷，月落锦屏虚。

欲奏江南曲，贪封蓟北书。

书中无别意，唯怅久离居。（平声鱼韵）

上官婉儿，陕州陕县（今河南三门峡市陕州区）人，其祖父上官仪和父上官庭芝因反武则天获罪被诛。尚在襁褓中的婉儿与母亲入内廷为婢。因聪慧善文能干而获武则天重用，参与决断奏章，有"巾帼宰相"之名。为人善于察言观色，能平衡各方势力，几次政坛巨变都未废。后李隆基起兵，与韦后一起被诛。

【按】

上官婉儿在武则天时总管宫中事务，好词赋，对盛唐近体诗的繁荣起到了推动作用。其诗句秀美，如："斗雪梅先吐，惊风柳未舒""霞窗明月满，涧户白云飞。书引藤为架，人将薜作衣"。

翦彩花

上官婉儿

密叶因裁吐，新花逐翦舒。
攀条虽不谬，摘蕊讵知虚①。
春至由来发，秋还未肯疏。
借问桃将李，相乱欲何如。（平声鱼韵）

【注】

①讵，岂，难道。

【按】

原题"奉和圣制立春日侍宴内殿出翦彩花应制"。上官劝唐中宗扩大书馆增加学士，并引大臣名儒赐宴赋诗，赏赐嘉者，故朝臣斐然成风，诗赋虽有浮艳，然皆有可观，此婉儿之力也。她常代帝后及公主作词，每有新意。应制诗大多富丽，也难免谀颂。诗人才华横溢，方出好诗。

幽州夜饮

张说

凉风吹夜雨，萧瑟动寒林。
正有高堂宴，能忘迟暮心①。
军中宜剑舞，塞上重笳音。
不作边城将，谁知恩遇深。（平声侵韵）

张说（yuè），洛阳（今属河南）人，武则天时应诏对策，得乙第。曾官拜宰相，擅长文辞，朝廷重要文件出自其手，时谓"燕许大手笔"（张说封燕国公，苏颋封许国公）。

【注】
　①迟暮，《楚辞·离骚》"惟草木之零落兮，恐美人之迟暮。"意为年老而功未成也。
【按】
　张说此诗确是宰相气度。

咏燕

张九龄

海燕虽微眇，乘春亦暂来。

岂知泥滓贱，只见玉堂开。

绣户时双入，华堂日几回。

无心与物竞，鹰隼莫相猜。（平声灰韵）

【按】

就物托言己意。九龄与李林甫同列相，在用人问题上产生分歧，张不合帝旨，李由此谤九龄。九龄知帝将惩之，作是诗以明退意。诗出语平和，用意忠厚，逊词避祸。

寄江滔求孟六遗文

刘昚虚

南望襄阳路，思君情转亲。

偏知汉水广，应与孟家邻①。

在日贪为善，昨来闻更贫。

相如有遗草②，一为问家人。（平声真韵）

刘眘（shèn）虚，洪州新吴（今江西奉新县）人，进士，官洛阳尉及夏县令。他精通经史，诗多幽峭之趣，风格近似孟浩然、常建。他为人较淡泊，交游多为山僧道侣，其诗多写山水隐逸之趣，尤工于五言。后人曾将他与贺知章、包融、张旭合称为"吴中四友"。

【注】

①孟六（孟浩然）是襄阳人。

②此句比喻逝者如司马相如之文采。

【按】

真情之至，不负死交，求好友的遗作也。

望秦川

李颀

秦川朝望迥，日出正东峰。

远近山河净，逶迤城阙重。

秋声万户竹，寒色五陵松。

有客归欤叹，凄其霜露浓。（平声冬韵）

【按】

颈联是佳句。李颀七古见长，气韵雄健；其律诗韶音秀赡。他是七律的推动者。

胡笳曲

王昌龄

城南虏已合，一夜几重围。

自有金笳引，能令出塞飞^①。

听临关月苦，清入海风微。

三奏高楼晓，胡人掩涕归。（平声微韵）

【注】

　　①能令出塞飞，另作"能沾出塞衣"。

【按】

　　此诗为实战时事而赋。一气呵成，毫无雕琢之处。

晚泊浔阳望庐山

孟浩然

挂席几千里①，名山都未逢。

泊舟浔阳郭，始见香炉峰。

尝读远公传②，永怀尘外踪。

东林精舍近，日暮空闻钟。（平声冬韵）

【注】

　　①挂席，扬帆。

　　②远公，东晋东林寺名僧慧远法师。东林寺在庐山。

【按】

　　孟浩然诗中无名句可寻摘，但一气呵成，无迹可求。诗家曾评"诗至此，色相俱空，如羚羊挂角，画家所谓逸品是也"，"一气卷舒，意匠浑沦，不可寻枝摘叶"。

永嘉上浦馆逢张八子容

孟浩然

逆旅相逢处，江村日暮时。

众山遥对酒，孤屿共题诗。

廨宇邻鲛室①，人烟接岛夷②。

乡园万余里，失路一相悲。（平声支韵）

【注】

　　①廨宇，官舍。鲛室，神话中生活在海中的人所住之屋，这些人的泪珠能变成珍珠。这里是靠水的意思。

　　②岛夷，居住在岛上的边民。古有东夷一说。

【按】

　　颔联佳句，胸襟远旷，孟襄阳亦有豪放句。

舟中晓望

孟浩然

挂席东南望，青山水国遥。

舳舻争利涉①，来往接风潮。

问我今何适，天台访石桥。

坐看霞色晓，疑是赤城标②。（平声萧韵）

【注】

　　①舳（zhú），船尾。舻（lú），船头。

　　②赤城，赤城山，属天台山一部分。山中石色皆赤。

【按】

　　孟浩然乃性情中人。王国维曾说："客观之诗人，不可不多阅世。阅世愈深，则材料愈丰富，愈变化，《水浒传》《红楼梦》之作者是也。主观之诗人，不必多阅世。阅世愈浅，则性情愈真，李后主是也。"孟襄阳即后者。他作《望洞庭湖赠张丞相》，明明希望张说举荐，却偏偏有"欲济无舟楫"句。要渡河，却说没有船，这是求人举荐之语吗？一次皇上游帝苑，王维和孟也在，孟献上的诗是《岁暮归南山》，诗中有"不才明主弃"，你有才而未获用，分明说皇上不贤明。用今人的话讲，情商低，智商高。一笑。

山居即事

王维

寂寞掩柴扉，苍茫对落晖。
鹤巢松树遍，人访荜门稀。
绿竹含新粉，红莲落故衣。
渡头烟火起，处处采菱归。（平声微韵）

【按】

王维观物入微，绿竹句即是。鹤，自喻也。颈联写的是近景。此篇有孤寂意。诗中两"落"字，稍不足。

登裴秀才迪小台

王维

端居不出户，满目望云山。

落日鸟边下，秋原人外闲。

遥知远林际，不见此檐间。

好客多乘月，应门莫上关。（平声删韵）

【按】

　　三四句是从小台远望。五六句是从王维别业设想望小台，别致。裴迪虽然不在，但诗人并无失落感，"好客多乘月"，依然兴致益然。"应门莫上关"，裴迪别墅平时无人守候。否则，进屋坐坐也很惬意。

冬晚对雪忆胡居士家

王维

寒更传晓箭①，清镜览衰颜。

隔牖风惊竹，开门雪满山。

洒空深巷静，积素广庭闲②。

借问袁安舍③，僚然尚闭关④。（平声删韵）

【注】

①晓箭，漏壶中指时的指针。

②积素，积雪。

③袁安，东汉大臣，借作胡居士。

④翛（xiāo）然，无拘无束，一往自然。

【按】

颔联是写雪景的名句，颈联亦佳。

送郑侍御谪闽中

高适

谪去君无恨，闽中我旧过。

大都秋雁少，只是夜猿多。

东路云山合，南天瘴疠和^①。

自当逢雨露，行矣慎风波。（平声歌韵）

【注】

①瘴疠，疟疾。

【按】

　　"行矣慎风波"，表面是写路途险阻，实则是写官场沉浮变幻不定，且凶险。作者提醒朋友郑侍御要谨慎小心，而且不要忘记皇帝恩泽（雨露）。

醉后赠张九旭①

高适

世上谩相识②，此翁殊不然。

兴来书自圣，醉后语尤颠。

白发老闲事，青云在目前。

床头一壶酒，能更几回眠。（平声先韵）

【注】

①张九旭，即草圣张旭。

②谩，随便。

【按】

此篇和杜甫的《饮中八仙歌》描述草圣张旭饮酒的情景一样，名不虚传。

送李侍御赴安西

高适

行子对飞蓬①，金鞭指铁骢②。

功名万里外，心事一杯中。

虏障燕支北③，秦城太白东④。

离魂莫惆怅，看取宝刀雄。（平声东韵）

【注】

①飞蓬，战车。

②铁骢，黑色战马。

③燕支，山名，在今甘肃山丹县东南。

④太白，秦岭太白峰。

【按】

高诗自是雄浑，豪迈。其性格有游侠之气。"功名万里外，心事一杯中"，即写照。

登总持阁

岑参

高阁逼诸天，登临近日边。

晴开万井树，愁看五陵烟。

槛外低秦岭，窗中小渭川。

早知清净理，常愿奉金仙。（平声先韵）

【按】

岑参仕途坎坷，访寺庙时萌生参禅之心。

巴南舟中夜市

岑参

渡口欲黄昏，归人争流喧。

近钟清野寺，远火点江村。

见雁思乡信，闻猿积泪痕。

孤舟万里外，秋月不堪论（lún）。（平声元韵）

【按】

岑参由库部郎中贬嘉州刺史（今四川乐山），后又被免。此诗作于罢官之后东归的旅途中。诗虽有愁，但不怨。前四句写旅途船行的情景，颇受诗家赞赏。此诗作后途遇强盗，又返成都，次年病逝于旅舍。

武威春暮闻宇文已到晋昌

岑参

岸雨过城头，黄鹂上戍楼。

塞花飘客泪，边柳挂乡愁。

白发悲明镜，青春换敝裘①。

君从万里使，闻已到瓜州②。（平声尤韵）

【注】

①青春，是天转暖的春天。敝裘，破皮衣。

②瓜州，甘肃酒泉市境内。

【按】

诗家评此乃岑五律第一首。诗温雅又雄健。原诗题：武威暮春闻宇文判官西使还已到晋昌。

咏山泉

储光羲

山中有流水，借问不知名。

映地为天色，飞空作雨声。

转来深涧满，分出小池平。

恬澹无人见，年年长自清。（平声庚韵）

储光羲，润州延陵人（今江苏常州市金坛区）人，祖籍兖州（今属山东），进士，因仕途失意，隐居终南山，后复出，官至监察御史。储光羲的诗以描写田园山水著名，形式多五言古体，内容丰富多样，《四库全书总目》说他的诗："源出陶潜，质朴之中，有古雅之味，位置于王维、孟浩然间，殆无愧色。"

【按】

咏泉，亦咏人。诗句平易，寓意深远。

奉试明堂火珠①

崔曙

正位开重屋，凌空出火珠。
夜来双月满②，曙后一星孤。
天净光难灭，云生望欲无。
遥知太平代，国宝在名都。（平声虞韵）

崔曙，宋州（今河南商丘）人，状元，但生平只做过河南尉一类的小官，曾隐居河南嵩山。崔曙诗多凄苦之辞，读之令人感泣。

【注】

①明堂，听政殿。火珠，明堂屋顶上装饰用的宝珠。帝王上位必造明堂，以祀宗祖。

②双月，指火珠、月亮。

【按】

崔曙中进士第一名，任职后第二年就病故，仅留有一女，名"星星"，世人以为"曙后一星孤"是为谶。

途中晓发

崔曙

晓霁长风里，劳歌赴远期。

云轻归海疾，月满下山迟。

旅望因高尽，乡心遇物悲。

故林遥不见，况在落花时。（平声支韵）

【按】

全诗在一个"望"字，层层推进，"疾、迟、轻、满"用字皆妙。

江南旅情

祖咏

楚山不可极，归路但萧条。

海色晴看雨，江声夜听潮。

剑留南斗近①，书寄北风遥。

为报空潭橘②，无媒寄洛桥。（平声萧韵）

祖咏，洛阳（今河南洛阳）人，进士，但长期未授官职。祖咏少有文名，擅长诗歌创作，其诗讲求对仗，多状景咏物，宣扬隐逸生活，常常诗中有画之色彩。祖咏与王维友善，王维在济州赠诗云："结交二十载，不得一日展。贫病子既深，契阔余不浅。"

【注】

①南斗，古人有南斗六星在吴地的说法。

②潭橘，吴潭的橘子。

【按】

祖咏诗清旷淡远。此篇情真意婉，耐人咀嚼，起句高远。三四句写长江入海处有特色，"晴看雨""夜听潮"。

塞下曲（选二首）

李白

（其三）

骏马似风飙，鸣鞭出渭桥。

弯弓辞汉月，插羽破天骄。

阵解星芒尽，营空海雾消。

功成画麟阁，独有霍嫖姚①。（平声萧韵）

（其五）

塞虏乘秋下，天兵出汉家。

将军分虎竹，战士卧龙沙。

边月随弓影，胡霜拂剑花。

玉关殊未入，少妇莫长嗟②。（平声麻韵）

【注】

①霍嫖姚，嫖姚校尉霍去病，后官至骠骑将军。

②嗟，在这里读jiā。

【按】

诗文离不开时代。李白的边塞诗都是盛唐气象，豪情万丈，踌躇满志。

送友人入蜀

李白

见说蚕丛路，崎岖不易行。

山从人面起，云傍马头生。

芳树笼秦栈，春流绕蜀城。

升沉应已定，不必问君平①。（平声庚韵）

【注】

①君平，汉严遵，字君平，善卜卦。

【按】

三四句写蜀道难，很形象。

秋登宣城谢朓北楼

李白

江城如画里，山晚望晴空。
两水夹明镜，双桥落彩虹。
人烟寒橘柚，秋色老梧桐。
谁念北楼上，临风怀谢公。（平声东韵）

【按】

　　太白之五律，有俊逸之气，不事雕琢，一气直下，不就羁缚，纯天
然气象。他不喜炼字，平淡中见雄浑，宜整篇诵读。自然流畅，唯孟浩
然相似，但孟的性格与太白不同，各有千秋。

访戴天山道士不遇

李白

犬吠水声中，桃花带雨浓。
树深时见鹿，溪午不闻钟。
野竹分青霭，飞泉挂碧峰。
无人知所去，愁倚两三松。（平声冬韵）

【按】

颈联写奇峰峭壁，野趣幽深。"中"字属借韵。李白常与道士交流，自有仙风道骨，其《寻雍尊师隐居》："群峭碧摩天，逍遥不记年。拨云寻古道，倚石听流泉。花暖青牛卧，松高白鹤眠。语来江色暮，独自下寒烟。"亦是。

观胡人吹笛

李白

胡人吹玉笛，一半是秦声。
十月吴山晓，梅花落敬亭[①]。
愁闻出塞曲，泪满逐臣缨。
却望长安道，空怀恋主情。（平声庚韵）

【注】

①梅花，曲名。

【按】

此李白流放夜郎时作。此诗开门见山，如珠玉走盘。

江夏别宋之悌

李白

楚水清若空，遥将碧海通。

人分千里外，兴在一杯中。

谷鸟吟晴日，江猿啸晚风。

平生不下泪，于此泣无穷。（平声东韵）

【按】

　　"人分千里外"句似从庾抱"悲生万里外，恨起一杯中"化来。但格调不同，李诗一个字"逸"。

送张舍人之江东

李白

张翰江东去，正值秋风时。

天清一雁远，海阔孤帆迟。

白日行欲暮，沧波杳难期。

吴洲如见月，千里幸相思。（平声支韵）

【按】

　　颔联自是太白手笔，"一雁远"有比意。疏快宜人。

广陵赠别

李白

玉瓶沽美酒，数里送君还。

系马垂杨下，衔杯大道间。

天边看渌水，海上见青山。

兴罢各分袂，何须醉别颜。（平声删韵）

【按】

　　诗篇旷达，一个字"豪"。在大路旁即开饮，何必长亭送别。

过崔八丈水亭

李白

高阁横秀气，清幽并在君。

檐飞宛溪水^①，窗落敬亭云。

猿啸风中断，渔歌月里闻。

闲随白鸥去，沙上自为群。（平声文韵）

【注】

①宛溪，在安徽宣城。宣城古时为宛陵。

【按】

"猿啸"两句，秀气，清幽，此景能不流连忘返乎。

宿五松山下荀媪家

李白

我宿五松下，寂寥无所欢。

田家秋作苦，邻女夜舂寒。

跪进雕胡饭^①，月光明素盘。

令人惭漂母^②，三谢不能餐。（平声寒韵）

【注】

①雕胡饭，菰米（茭白籽）饭。

②漂母，漂洗丝的老妇，曾在韩信落泊时分食物给他。

【按】

太白藐视权贵，对农媪却亲近，此诗朴素真挚。

夜宴左氏庄

杜甫

林风纤月落，衣露净琴张。

暗水流花径，春星带草堂。

检书烧烛短，看剑引杯长。

诗罢闻吴咏，扁舟意不忘。（平声阳韵）

【按】

　　此篇可见杜诗造诣之深。诗中有风、露、星、月，有琴、剑、诗、书，运用之巧妙，毫无堆塞之感。月落露浓，净琴始张，水暗星低，拾书看剑。真秀润清丽。起句最佳。"衣露"两句有不同解释，一是衣服沾露，一是琴衣打开。真诗无达诂也。

天河

杜甫

常时任显晦，秋至辄分明。

纵被微云掩，终能永夜清。

含星动双阙，伴月照边城①。

牛女年年渡，何曾风浪生。（平声更韵）

145

【注】

①《唐诗别裁》此句作"伴月落孤城"。

【按】

此诗诸名家以为非单咏银河，有寓意。读者可展开想象：国家动乱，作者自身难保，然仍心怀忠诚。

野望

杜甫

清秋望不极，迢递起层阴。

远水兼天净，孤城隐雾深。

叶稀风更落，山迥日初沉。

独鹤归何晚，昏鸦已满林。（平声侵韵）

【按】

有评家认为是写景，也有评家认为是托意。前四句是丧乱，后四句刺宵小之人。

后游

杜甫

寺忆曾游处，桥怜再渡时。

江山如有待，花柳自无私。

野润烟光薄，沙暄日色迟①。

客愁全为减②，舍此复何之？（平声支韵）

【注】

　　①暄，暖。

　　②此句意为客愁被美景完全消减。

【按】

　　重游此寺，心情原先不好，而"花柳自无私"，周边云霭雾散，沙暖日色迟迟不退，愁闷之心也消减，除此寺之外还有什么更好的胜地？

江亭

杜甫

坦腹江亭暖，长吟野望时。

水流心不竞，云在意俱迟。

寂寂春将晚，欣欣物自私。

147

故林归未得，排闷强裁诗①。（平声支韵）

【注】

①此两句又作"江东犹苦战，回首一颦眉"。

【按】

杜甫坦腹江亭，难得豪放。三、四句，佳句。《后游》"花柳自无私"，本篇"欣欣物自私"，心情不同，诗句亦异。

月

杜甫

四更山吐月，残夜水明楼。

尘匣元开镜①，风帘自上钩。

兔应疑鹤发，蟾亦恋貂裘。

斟酌姮娥寡，天寒奈九秋。（平声尤韵）

【注】

①尘匣，即落灰的梳妆盒。

【按】

此诗有所寄托。"四更山吐月"为绝唱。四更月，残月也。苏轼特别欣赏"残夜水明楼"。

江汉

杜甫

江汉思归客，乾坤一腐儒。
片云天共远，永夜月同孤。
落日心犹壮，秋风病欲苏。
古来存老马，不必取长途。（平声虞韵）

【按】

　　此诗自喻。诗家有叫好的，说境界高；亦有差评的，谓村夫子。我以为作者思乡、多病、久漂泊，心情是矛盾的。"古来存老马，不必取长途"，悲怆而不怨。

水槛遣心·其一

杜甫

去郭轩楹敞，无村眺望赊①（shā）。
澄江平少岸，幽树晚多花。
细雨鱼儿出，微风燕子斜（xiá）。
城中十万户，此地两三家。（平声麻韵）

【注】

①赊，远。

【按】

"细雨鱼儿出，微风燕子斜"乃名句。作者心情恬淡之作。

纳凉晚际遇雨·其一

杜甫

落日放船好，轻风生浪迟。

竹深留客处，荷净纳凉时。

公子调冰水，佳人雪藕丝。

片云头上黑，应是雨催诗。（平声支韵）

【按】

原题目是：陪诸贵公子丈八沟携妓纳凉晚际遇雨。杜甫也有洒脱之时。见"片云头上黑"，黑云本来令来生厌，而杜甫想到要下雨了，催他写诗。真是景由情生。

闻笛

张巡

岧峣试一临，虏骑附城阴。

不辨风尘色，安知天地心？

门开边月近，战苦阵云深。

旦夕更楼上，遥闻横笛音。（平声侵韵）

张巡，蒲州河东（今山西永济）人，进士，忠义之臣。安史之乱时，与许远守睢阳，在内无粮草、外无援兵下与敌交战四百余次，敌军损失惨重。有效阻遏叛军南犯江淮，保住唐东南之地。因粮草耗尽、士卒死伤殆尽而被俘遇害。后绘像于凌烟阁。至清代亦从祀帝王庙。

【按】

"不辨风尘色，安知天地心"，忠臣之语。

渡扬子江

丁仙芝

桂楫中流望，空波两畔明。

林开扬子驿，山出润州城。

海尽边阴静，江寒朔吹生。

更闻枫叶下，淅沥度秋声。（平声庚韵）

丁仙芝，曲阿（今江苏丹阳市）人，进士，仕途不畅。

【按】

　　"海尽边阴静，江寒朔吹生"，反映作者苍凉的心境。

穆陵关北逢人归渔阳[①]

刘长卿

逢君穆陵路，匹马向桑乾[②]。

楚国苍山古，幽州白日寒。

城池百战后，耆旧几家残。

处处蓬蒿遍，归人掩泪看。（平声寒韵）

【注】

　　①穆陵关在黄州麻城（今湖北麻城）。

　　②桑乾，即"桑干"，桑乾河，今为"桑干河"，位于永定河上游。相传桑葚成熟时，河水干涸，故名。

【按】

　　写安史之乱后的景象。"楚国苍山古，幽州白日寒"，沉郁，似杜

甫之笔。

和万年成少府寓直

钱起

赤县新秋夜，文人藻思催。

钟声自仙掖，月色近霜台。

一叶兼萤度，孤云带雁来。

明朝紫书下，应问长卿才①。（平声灰韵）

【注】

①长卿，汉司马相如，借喻万年成。

【按】

"一叶兼萤度，孤云带雁来"，秀丽，巧妙。钱善工造句。

鳌屋县郑礒宅送钱大

郎士元

暮蝉不可听，落叶岂堪闻。

共是悲秋客，那知此路分。

荒城背流水，远雁入寒云。

陶令门前菊，余花可赠君。（平声文韵）

朗士元，中山（今河北定州）人，进士，官至郢州刺史。与钱起齐名。诗风闲雅，时显宦以有钱郎送别诗为荣。

【按】

诗家对此诗有褒有贬，一二句似重复，也有评之，步步有情。"荒城背流水，远雁入寒云"，虽佳，终是中唐语气。

竹窗闻风寄苗发司空曙

李益

微风惊暮坐，临牖思悠哉。
开门复动竹^①，疑是故人来。
时滴枝上露，稍沾阶下苔。
何当一入幌，为拂绿琴埃。（平声灰韵）

李益，陇西姑臧（今甘肃武威）人，进士，官至礼部尚书。边塞诗人，尤善七言绝句，其"受降城外月如霜"句千古传扬。

【注】

①此句又作"敲门风动竹"。

【按】

此诗因颔联而得名，微风吹拂帘幕，拂去绿琴尘埃，故人虽未来，而兴致犹在。尾联亦佳。

秋夜泛舟

刘方平

林塘夜泛舟，虫响荻飕飕。
万影皆因月，千声各为秋。
岁华空复晚，乡思不堪愁。
西北浮云外，伊川何处流。（平声尤韵）

刘方平，洛阳（今属河南）人，古匈奴族，曾应进士不第，终身未仕。工诗文，善山水画。

【按】

"万影皆因月，千声各为秋"，真奇句也。

题邻居

于鹄

僻巷邻家少，茅檐喜并居。
蒸梨常共灶，浇薤亦同渠。
传屐朝寻药，分灯夜读书。
虽然在城市，还得似樵渔。（平声鱼韵）

155

于鹄，中唐诗人，隐居汉阳。

【按】

此诗平实，充满常人生活之乐趣。市井生活在知足常乐，羡慕渔樵实则是向往自由。

至七里滩作

李嘉祐

迁客投于越，临江泪满衣。

独随流水远，转觉故人稀。

万木迎秋序，千峰驻晚晖。

行舟犹未已，惆怅暮潮归。（平声微韵）

李嘉祐，赵州（今属河北）人，进士。有文名，官刺史。

【按】

"万木迎秋序，千峰驻晚晖"，佳句。秋天树叶飘零乃自然规律，实是作者人生之叹。"驻"字新。

山居即事

戴叔伦

岩云掩竹扉，去鸟带余晖。
地僻生涯薄，山深俗事稀。
养花分宿雨，剪叶补秋衣。
野渡逢渔子，同舟荡月归。（平声微韵）

【按】

　　戴叔伦的诗清丽，内容凄苦居多。此篇虽言"山居即事"，实是作者向往的道家生活。中国士人历来就有济世的理想，也有隐居的愿望。儒家思想为主流，而道家思想始终生生不息。"山深俗事稀"即是。戴叔伦多行旅佳作，兹录一首《除夜宿石头驿》："旅馆谁相问，寒灯独可亲。一年将尽夜，万里未归人。寥落悲前事，支离笑此身。愁颜与衰鬓，明日又逢春。"乃大历年间可数之作。

长城闻笛

杨巨源

孤城笛满林，断续共霜砧。
夜月降羌泪，秋风老将心。

静过寒垒遍，暗入故关深。

惆怅梅花落，山川不可寻。（平声侵韵）

杨巨源，河中（今属山西）人，进士。

【按】

　　此诗诗家评价不一，褒者以为中唐诗骨力苍老无出其右。也有说，长城不应有砧声，起句有趁韵之嫌。平心而论，此篇骨力苍劲，中唐诗人中少见。颔联和颈联对笛声描述颇有情致。

题松汀驿

张祜

山色远含空，苍茫泽国东。

海明先见日，江白迥闻风。

鸟道高原去，人烟小径通。

那知旧遗逸，不在五湖中。（平声东韵）

张祜（hù），清河（今河北邢台市清河县）人，家世显赫，被人称作张公子，有"海内名士"之誉。元和至长庆年间，张祜深受令狐楚器重，令狐楚曾亲自起草奏章向朝廷荐举张祜。当时元稹在朝廷里权势很大，他对皇上说"张祜的诗乃雕虫小技"，皇上听了点点头。就这样，张祜寂寞归乡，隐居以终。

【按】

松汀驿在太湖侧。诗中描写山色、水光、日出、白浪翻滚，山径隐有人家，构成一幅壮丽的水乡风景画，很有诗意。旧遗逸指范蠡事，太湖已无。张祜的"题金陵渡"很有名，遗迹尚存江苏镇江西津渡。他一生浪迹江湖，并未入仕。

咏风

张祜

摇摇歌扇举，悄悄舞衣轻。

引笛秋临塞，吹沙夜绕城。

向峰回雁影，出峡送猿声。

何似琴中奏，依依别带情。（平声庚韵）

【按】

此诗工而纤细，倒也是一种风格，闲时亦可吟哦。通篇为各类风吟咏，别致。

池州春送前进士蒯希逸

杜牧

芳草复芳草，断肠还断肠。

自然堪下泪，何必更残阳。

楚岸千万里，燕鸿三两行。

有家归不得，况举别君觞。（平声阳韵）

【按】

　　池州，在今安徽。杜牧在外多年任职，思念京城。此篇写得苦闷，感情完全直露。又是断肠，又是下泪，又是残阳，又是鸿雁，皆平常景，平常语，但很深刻。

客中

于武陵

楚人歌竹枝，游子泪沾衣。

异国久为客，寒宵频梦归。

一封书未返，千树叶皆飞。

南过洞庭水，更应消息稀。（平声微韵）

于武陵，晚唐京兆杜陵（今属陕西西安）人，进士。其诗能讽世。如《东门路》："东门车马路，此路在浮沉。白日若不落，红尘应更深。从来名利地，皆起是非心。所以青青草，年年生汉阴。"

【按】

此诗思乡"一封书未返，千树叶皆飞"，妙笔。

送人游吴

杜荀鹤

君到姑苏见，人家尽枕河。
古宫闲地少，水港小桥多。
夜市卖菱藕，春船载绮罗。
遥知未眠月，乡思在渔歌。（平声歌韵）

【按】

杜荀鹤写诗不喜雕琢，随意吐属，心中事成口头语，口头语亦心中事，如"与君中夜话，尽我一生心""江湖苦吟士，天地最穷人"，不用富贵语，别有情味。此篇写苏州，"人家尽枕河""水港小桥多"，写出水乡的旖旎风景。诗很平实，一读便知。

春残

翁宏

又是春残也，如何出翠帏？

落花人独立，微雨燕双飞。

寓目魂将断^①，经年梦亦非。

那堪向愁夕，萧飒暮蝉辉。（平声微韵）

翁宏，桂州（今广西桂林）人，生平不详。

【注】

①寓目，亲眼所见。

【按】

此诗写女子暮春怀人。伤怀思远，孤苦郁闷之情，写得很细腻传神。三、四句，一独立，一双飞，更显愁绪。宋代晏几道"落花人独立，微雨燕双飞"句来源于此。

剑客

齐己

拔剑绕残樽，歌终便出门。

西风满天雪，何处报人恩。

勇死寻常事，轻雠不足论（lún）。

翻嫌易水上，细碎动离魂 。（平声元韵）

齐己，唐诗僧，俗名胡得生，潭州益阳（今属湖南）人。

【按】

诗僧亦豪。

寄方干处士鉴湖旧居

齐己

贺监旧山川[①]，空来近百年。

闻君与琴鹤，终日在渔船。

岛露深秋石，湖澄半夜天。

云门几回去，题遍好林泉。（平声先韵）

【注】

①贺监，贺知章。贺是浙江人，鉴湖在绍兴。

【按】

第三、四句有趣。抚琴养鹤竟在一条渔船上，很别致的隐居。看来此船不算小。僧人也羡慕隐士。

七律

首春渭西郊行，呈蓝田张二主簿

岑参

回风度雨渭城西，细草新花踏作泥。
秦女峰头雪未尽，胡公陂上日初低。
愁窥白发羞微禄，悔别青山忆旧溪。
闻道辋川多胜事，玉壶春酒正堪携。（平声齐韵）

【按】

    此诗完全合律。七律在盛唐才渐兴起，岑参是推动者，直到杜甫才逐渐在五律的基础上确立其严整的格律。崔颢的《黄鹤楼》就作于格律形成的过程中，李白也少有七律之作。王维、李颀对七律的规范也做出了重大贡献。

江村

杜甫

清江一曲抱村流，长夏江村事事幽。
自去自来梁上燕①，相亲相近水中鸥。
老妻画纸为棋局，稚子敲针作钓钩。

多病所需唯药物②，微躯此外更何求？（平声尤韵）

【注】

①"梁上燕"又作"堂上燕"。

②此句又作"但有故人供禄米"。

【按】

此诗杜甫写得比较恬淡，诗中"自去自来梁上燕，相亲相近水中鸥"即写照，而且还和老妻对弈，小儿亦去河边钓鱼，一幅生活平静的场景。

九日蓝田崔氏庄

杜甫

老去悲秋强自宽，兴来今日尽君欢。

羞将短发还吹帽，笑倩旁人为正冠①。

蓝水远从千涧落，玉山高并两峰寒。

明年此会知谁健？醉把茱萸仔细看②。（平声寒韵）

【注】

①倩，请。

②九月九日（阴历）折茱萸插在头上以辟邪。看，此处读kān。

【按】

此篇堪与《登高》并驾，皆杜诗沉郁之代表作。诗家云，"帽"字和"冠"字似乎重复。

秋兴（选三首）

杜甫

（其三）

千家山郭静朝晖，日日江楼坐翠微。

信宿渔人还泛泛^①，清秋燕子故飞飞。

匡衡抗疏功名薄^②，刘向传经心事违^③。

同学少年多不贱，五陵衣马自轻肥。（平声微韵）

【注】

　　①信宿，再宿。

　　②匡衡，汉朝人。对廷议有疑义。因弹劾宦官石显而被贬为庶民。
"凿壁借光"的故事讲的就是他。

　　③刘向，汉朝经学家，中国目录学鼻祖。反对宦官而坐罪下狱。

（其四）

闻道长安似弈棋，百年世事不胜悲。

王侯第宅皆新主，文武衣冠异昔时。

直北关山金鼓振，征西车马羽书驰。

鱼龙寂寞秋江冷，故国平居有所思。（平声支韵）

166

（其七）

昆明池水汉时功，武帝旌旗在眼中。

织女机丝虚夜月^①，石鲸鳞甲动秋风^②。

波漂菰米沉云黑，露冷莲房坠粉红。

关塞极天惟鸟道，江湖满地一渔翁。（平声东韵）

【注】

①织女，指汉长安昆明池侧织女像，俗称石婆。

②石鲸，昆明池中玉石雕刻的鲸鱼。

【按】

《唐诗三百首》未选《秋兴》。《秋兴》浑厚大气，诗中抚今追昔，风涌泉流，万象吞吐，不能不读。第四首首句把政局比拟为弈棋。现在人们常称自己为棋子。

又呈吴郎

杜甫

堂前扑枣任西邻，无食无儿一妇人。

不为困穷宁有此？只缘恐惧转须亲。

即防远客虽多事，便插疏篱却甚真。

已诉征求贫到骨，正思戎马泪盈巾。（平声真韵）

【按】

杜甫已穷困，还想到孤寡妇人，真仁人之心。

夜

杜甫

露下天高秋水清，空山独夜旅魂惊。

疏灯自照孤帆宿，新月犹悬双杵鸣①。

南菊再逢人卧病，北书不至雁无情。

步檐倚杖看牛斗②，银汉遥应接凤城③。（平声庚韵）

【注】

①双杵，古时捣衣，二女对坐，各持一杵。

②步檐，檐下走廊。

③凤城，秦穆公之女吹箫，凤降其城，故名凤城，即京城。

【按】

诗家对此诗评价颇高，"笔笔清拔，意境又极阔远"。反复咏读，可体味杜诗之精深。

巴岭答杜二见忆

严武

卧向巴山落月时，两乡千里梦相思。

可但步兵偏爱酒，也知光禄最能诗。

江头赤叶枫愁客，篱外黄花菊对谁。

跛马望君非一度，冷猿秋雁不胜悲。（平声支韵）

严武，华州华阴（今属陕西）人，任成都尹期间与杜甫友，两次镇蜀，有军功，封郑国公。年四十亡。

【按】

严武亦能诗。他对杜甫帮助很大。在他去世后，杜甫失去了依靠，漂泊颠沛于川粤湘之间，贫病交加，五年后在旅船上告别人世。

送严士元

刘长卿

春风倚棹阖闾城①，水国春寒阴复晴。

细雨湿衣看不见，闲花落地听无声。

日斜江上孤帆影，草绿湖南万里情。

君去若逢相识问，青袍今已误儒生。（平声庚韵）

【注】

①阖闾城，苏州。春秋吴国夫差父名阖闾。

【按】

三、四句有禅意，五、六句神采飞扬，皆为佳联。

早秋京口旅泊章侍御寄书相问因以赠之时七夕

李嘉祐

移家避寇逐行舟，厌见南徐江水流。

吴越征徭非旧日，秣陵凋弊不宜秋。

千家闭户无砧杵，七夕何人望斗牛。

只有同时骢马客，偏宜尺牍问穷愁。（平声尤韵）

【按】

京口，南徐，今江苏镇江。秣陵，南京别称。此诗写战乱，"千家闭户无砧杵，七夕何人望斗牛"，何其凄凉，连长江水都厌见。

同崔邠登鹳雀楼

李益

鹳雀楼西百尺樯，汀洲云树共茫茫。

汉家箫鼓空流水，魏国山河半夕阳。

事去千年犹恨速，愁来一日即为长。

风烟并起思归望，远目非春亦自伤。（平声阳韵）

【按】

与王之涣《登鹳雀楼》比，气象迥异。"事去千年犹恨速，愁来一日即为长"，有点伤感。

送宫人入道归山

于鹄

十岁吹箫入汉宫，看修水殿种芙蓉。

自伤白发辞金屋，许着黄衣向玉峰。

解语老猿开晓户，学飞雏鹤落高松。

定知别后宫中伴，应听缑山半夜钟。（平声冬韵）

【按】

　　宫人身世，清苦可叹，老来许出宫当道士。老猿、雏鹤，比喻学道。缑山在洛阳偃师，传说西王母曾在此修炼。西王母姓缑。

和侯大夫秋原山观征人回

杨巨源

　　两河战罢万方清，原上军回识旧营。
　　立马望云秋塞静，射雕临水晚天晴。
　　戍闲部伍分岐路，地远家乡寄旆旌。
　　圣代止戈资庙略，诸侯不复更长征。（平声庚韵）

【按】

　　边塞停战之诗。中唐后内乱不已，外患只有和谈、退让。诗中称圣代，不符，停战是皇帝的韬略，其实是无奈之举，诗人只能如此写。"不复更长征"，反映诗人渴望和平安定。杨巨源诗平远深细，用字清健分明。

李处士故居

王建

　　露浓烟重草萋萋，树映阑干柳拂堤。

一院落花无客醉，半窗残月有莺啼。

芳筵想像情难尽，故榭荒凉路欲迷。

惆怅羸骖来往惯，却经门外亦频嘶①。（平声齐韵）

【注】

①此两句又作"风景宛然人自改，却经门外马频嘶"。

【按】

王建和张籍齐名，以乐府胜。此诗通篇有情，乃思故人之作，今过故居，连老马也频频嘶叫。前四句写往事，后四句写如今。

再授连州至衡阳酬柳柳州赠别

刘禹锡

去国十年同赴召，渡湘千里又分歧。

重临事异黄丞相①，三黜名惭柳士师②。

归目并随回雁尽，愁肠正遇断猿时。

桂江东过连山下，相望长吟有所思。（平声支韵）

【注】

①黄丞相，西汉贤相黄霸，曾两度贬任颍川太守，结果清名满天下。

②柳士师，春秋柳下惠，三次被黜，有政绩。

【按】

原刘授播州，柳授柳州。柳谓播州非人所居，愿以柳州易播州，上改授刘赴连州。同事情谊可见。

柳州城西北隅种柑树

柳宗元

手种黄柑二百株^①，春来新叶遍城隅。

方同楚客怜皇树^②，不学荆州利木奴^③。

几岁开花闻喷雪，何人摘实见垂珠？

若教坐待成林日，滋味还堪养老夫。（平声虞韵）

【注】

①柑，柑橘。

②指屈原的《橘颂》。

③木奴，三国吴国丹阳太守李衡临死前对他儿子讲，不要怨家贫，家乡荆州有千株木奴（即柑橘），每年收入亦可供家用。

【按】

柳宗元是唐宋古文八大家之一，历来"韩柳"并称。这篇诗通俗，和他的《渔翁》《江雪》的高冷风格迥异，亦成一格，反映柳的另一面，故录。柳当地方官时，官声好。亲自劳动，种柑种柳，为人可敬。柳宗元《种柳戏题》和本篇情境相同："柳州柳刺史，种柳柳江边。谈笑为故事，推移成昔年。垂阴当覆地，耸干会参天。好作思人树，惭无惠化传。"

吊白居易

李忱

缀玉联珠六十年，谁教冥路作诗仙。

浮云不系名居易，造化无为字乐天。

童子解吟长恨曲，胡儿能唱琵琶篇。

文章已满行人耳，一度思卿一怆然。（平声先韵）

李忱，唐宣宗，被宦官马元贽等拥立，在位十三年，其母卑微。勤于政事，整顿吏治，稳定边疆，从谏如流。在晚唐中是一有作为的皇帝。宦官拥一明君，难得。

【按】

此诗颔联用了白居易的名和字，很巧妙，也作了很高评价。颈联叙白诗普及程度确是事实。

题宣州开元寺水阁阁下宛溪夹溪居人

杜牧

六朝文物草连空，天淡云闲今古同。

鸟去鸟来山色里，人歌人哭水声中。

深秋帘幕千家雨，落日楼台一笛风。

惆怅无日见范蠡①，参差烟树五湖东。

【注】

①范蠡，越王勾践的大夫，吴亡后即离去，游太湖（五湖）。后成为春秋时代大商人。

【按】

杜牧，倜傥旷达，才思敏捷。此诗不精雕细刻，随手拈来。三、四句写景又写民情，真切而直露。杜写诗时不够含蓄，性情中人，可以理解。

登池州九峰楼寄张祜

杜牧

百感衷来不自由①，角声孤起夕阳楼。

碧山终日思无尽，芳草何年恨即休。

睫在眼前长不见，道非身外更何求。

谁人得似张公子②，千首诗轻万户侯。（平声尤韵）

【注】

①衷，又作中。

②张公子，指张祜。

【按】

张祜、徐凝一同见白居易，望荐。白看重徐凝而轻张祜。张从此不求仕途。张祜和杜牧私交甚好。"睫在眼前长不见"，有哲理，也有寓意。如今注意睫毛的女性也有，修饰难免，过分则假，素颜最好。

早雁

杜牧

金河秋半虏弦开，云外惊飞四散哀。

仙掌月明孤影过①，长门灯暗数声来②。

须知胡骑纷纷在，岂逐春风一一回？

莫厌潇湘少人处，水多菰米岸莓苔。（平声灰韵）

【注】

①仙掌，汉武帝造建章宫，立承露盘，以铜仙人掌承雨露。

②长门，汉宫殿名，即皇宫意。

【按】

此诗杜牧借早雁忧思回鹘南侵。诗家评"起句如硬弓开张，见小杜臂力。中二联亦活动不板，通篇比兴"。小杜的七绝流传广，五七律也有好诗。袁枚《随园诗话》曰："硬语能佳，在古人亦少。只爱杜牧之云：'安得东召龙伯公，车干海水见底空。'又云：'鲸鱼横脊卧沧溟，海波分作两处生。'"何等气魄！

安定城楼

李商隐

迢递高城百尺楼，绿杨枝外尽汀洲。
贾生年少虚垂泪[①]，王粲春来更远游[②]。
永忆江湖归白发，欲回天地入扁舟。
不知腐鼠成滋味，猜意鹓雏竟未休[③]。（平声尤韵）

【注】

①贾生，西汉贾谊。

②王粲，东汉末人，建安七子之一。

③鹓（yuān），传说像凤凰的鸟。出自《庄子·秋水》。此句讽刺排挤贤能的朋党。

【按】

李商隐中进士后，因婚娶卷入党争，受到排斥不受重用，诗中抒发其忧国之志，有才不能发挥。五、六句是佳句。

闻笛

赵嘏

谁家吹笛画楼中，断续声随断续风。

响遏行云横碧落①，清和冷月到帘栊。

兴来三弄有桓子②，赋就一篇怀马融③。

曲罢不知人在否，余音嘹亮尚飘空。（平声东韵）

赵嘏，山阴（今属江苏）人，进士。

【注】

①碧落，天空。

②桓子，晋朝桓伊。三弄，《梅花三弄》。

③马融，汉朝人，著有《长笛赋》。

【按】

三、四句形容笛声响亮，能遏止行云，清越的声音在窗牖前缠绕。是为佳句。

长安秋望

赵嘏

云物凄清拂曙流，汉家宫阙动高秋。

残星几点雁横塞，长笛一声人倚楼。

紫艳半开篱菊静，红衣落尽渚莲愁。

鲈鱼正美不归去^①，空戴南冠学楚囚^②。（平声尤韵）

【注】

①鲈鱼，西晋张翰见秋风起想到鲈鱼炖羹而弃官回江南。他走后，西晋即大乱。

②南冠，楚囚，春秋时"晋侯观于军府，见钟仪，问之曰，南冠而絷者，谁也？有司对曰，郑人所献楚囚也"。南冠，戴南方的帽子者。

【按】

三、四句为佳句。时人称之"赵倚楼"。

湘口送友人

李频

中流欲暮见湘烟，苇岸无穷接楚天^①。

去雁远冲云梦雪^②，离人独上洞庭船。

风波尽日依山转，星汉通霄向水悬。

零落梅花过残腊③，故园归去又新年④。（平声先韵）

李频，寿昌（今属浙江建德市）人，进士，曾任建州刺史。

【注】

①天，一作"田"。

②云梦，今洞庭湖北岸。

③腊，腊月，阴历十二月。

④去，一作"醉"。

【按】

此诗送别友人，以写景为主，不写伤别场面，以景代情，在唐送别诗中别具一格。诗家评之"风神奕奕"。据载李频以此诗谒见姚合，姚十分欣赏，以女妻之。《唐诗三百首》中五绝《渡汉江》标为李频作，他本则为宋之问作。李频幼读聪慧，寿昌县令穆君游灵栖洞，即景吟诗"一径入双崖，初疑有几家。行穷人不见，坐久日空斜。"一下子续不上来，李陪同随行，即续吟"石上生灵笋，池中落异花。终须结茅屋，到此学餐霞"。县令大喜而赞。

西塞上泊渔家

皮日休

白纶巾下发如丝，静倚枫根坐钓矶。

中妇桑村挑叶去，小儿沙市买蓑归。

雨来莼菜流船滑，春后鲈鱼坠钓肥。

西塞山前终日客，隔波相羡尽依依。（平声齐韵）

【按】

　　一派理想的农家乐景象，也是作者向往的生活。

绵谷回寄蔡氏昆仲

罗隐

一年两度锦江游，前值东风后值秋。

芳草有情皆碍马，好云无处不遮楼。

山将别恨和心断，水带离声入梦流。

今日因君试回首，淡烟乔木隔绵州。（平声尤韵）

【按】

　　中二联有趣。芳草茂盛，令人不舍得骑马踏。楼忽隐忽现在云雾之中，似仙境。两联皆有比兴。

旅怀

崔涂

水流花谢两无情，送尽东风过楚城。

蝴蝶梦中家万里①，子规枝上月三更。

故园书动经年绝，华发春催两鬓生。

自是不归归便得，五湖烟景有谁争。（平声庚韵）

崔涂，江南人，进士。

【注】

①蝴蝶梦，庄周梦蝶，晨醒，不知自己是蝶还是周。

【按】

领联写思乡是佳句。梦中不是像庄周化蝶，而是家万里；三更天听到子规啼叫，可见并未深眠。

中年

郑谷

漠漠秦云淡淡天，新年景象入中年。

情多最恨花无语，愁破方知酒有权。

苔色满墙寻故第，雨声一夜忆春田。

衰迟自喜添诗学，更把前题改数联。（平声先韵）

【按】

　　此篇写人到中年的心境。赏花、饮酒、听雨、乡愁、无奈，感情交织，意味深长。恨花无语，借酒消愁，故居幽深，惦记农桑。

自叙

杜荀鹤

酒瓮琴书伴病身，熟谙时事乐于贫。

宁为宇宙闲吟客，怕作乾坤窃禄人。

诗旨未能忘救物，世情奈值不容真。

平生肺腑无言处，白发吾唐一逸人。（平声真韵）

【按】

　　这是诗人的自白，乃保留文人的气节。安贫乐道，宁琴诗自娱，不尸位素餐。人称唐诗有三李（李白、李贺、李商隐），而无人称三杜（杜甫、杜牧、杜荀鹤），其实杜荀鹤的诗在唐末也是很出名的。

失鹤

李远

秋风吹却九皋禽①，一片闲云万里心。

碧落有情应怅望②，瑶台无路可追寻。

来时白云翎犹短，去日丹砂顶渐深。

华表柱头留语后③，更无消息到如今。（平声侵韵）

李远，晚唐夔州（今属重庆）人，进士。

【注】

①九皋禽，指鹤，喻贤人。有隐居意。出自《诗经》"鹤鸣于九皋"。

②碧落，苍天。

③华表，唐代表示王者纳谏或指路的木柱。诗中有所指。

【按】

此诗似有寄托。苍天有情看到人间应该惆怅，而瑶台（仕途？）却无路可寻。有李贺"天若有情天亦老"之感。作者是写自己还是写好友，难以确定。

开元后乐

薛逢

莫奏开元旧乐章，乐中歌曲断人肠。

邠王玉笛三更咽^①，虢国金车十里香^②。

一自犬戎生蓟北^③，便从征战老汾阳^④。

中原骏马搜求尽，沙苑年来草又芳。（平声阳韵）

薛逢，蒲州河东（今山西永济市）人，进士，历任侍御史、尚书郎，但因恃才傲物，议论激切，屡忤权贵，故仕途颇不得意，只能用诗歌形式表达对腐败世事的不满。

【注】

　①邠王，章怀太子李贤之子。

　②虢国，杨贵妃之姐虢国夫人。这是虚写玄宗耽于宴乐和美色。

　③犬戎，安禄山。

　④汾阳，郭子仪。

【按】

　此诗叹感唐玄宗亡国而作，有离黍之叹。薛逢恃才傲物，言辞激烈，仕途坎坷。

闲

徐夤

不管人间是与非，白云流水自相依。

一瓢挂树傲时代^①，五柳种门吟落晖^②。

江上翠蛾遗佩去，岸边红袖采莲归。

客星辞得汉光武^③，却坐东江旧藓矶。（平声微韵）

ᐧᐧᐧ 徐夤，晚唐福建人，进士。

【注】

①指尧时许由，尧欲让位于他，笑而拒。

②陶渊明有《五柳先生传》。

③此句指刘秀同学严光，字子陵，光武即位时，亲自请他任职，严光拒绝，回富春山种田。宋范仲淹著有《游严子陵祠》名文。

【按】

名为"闲"，实为"隐"。借用好几个著名的典故，看透了世事，真是孔夫子所言"邦有道则见，邦无道则隐"。五六句是想象，非写实。

塞下三首·其一

沈彬

塞叶声悲秋欲霜，寒山数点下牛羊。

映霞旅雁随疏雨，向碛行人带夕阳①。

边骑不来沙路失，国恩深后海城荒。

胡儿向化新成长，犹自千回问汉王。（平声阳韵）

　　沈彬，晚唐筠州（今属江西）人。后供职南唐。

【注】

　　①碛（qì），不生水草的沙石地。

【按】

　　诗似太平景象，国恩深而海城荒，天下将大乱矣。七、八句，写胡人窥伺，而措辞婉转。"问汉王"，不是请问，而是觊觎。此篇边塞诗似平和，实则思念太平安全，为国而羞。

洞庭阻风

张泌①

空江浩荡景萧然，尽日菰蒲泊钓船。

青草浪高三月渡，绿杨花扑一溪烟。

情多莫举伤春目，愁极兼无买酒钱。

犹有渔人数家住，不成村落夕阳边。（平声先韵）

张泌，安徽淮南人，进士。与唐末罗隐、韦庄、郑谷、牛峤等绝大多数诗人一样，张泌也曾四处漂泊，传食诸侯。

【注】

①关于此诗作者，学界有所争议，也有人认为这是许棠所作。

【按】

表面上写景，青草湖白浪滚滚，杨花飞舞，实则是萧索之叹，还有一点冀望和安慰：尚有人烟。

五绝

风

李峤

解落三秋叶，能开二月花。

过江千尺浪，入竹万竿斜（xiá）。（平声麻韵）

【按】

此诗写风颇具特色，寓意深，口语化，不失为童蒙之教材。

汾上惊秋

苏颋

北风吹白云，万里渡河汾。

心绪逢摇落，秋声不可闻。（平声文韵）

苏颋（tǐng），京兆（今属陕西西安）人，进士，拜相。与张说齐名，颋袭封许国公。

【按】

句句紧扣"惊秋"，诗风朴实而沉郁，真大手笔。

蜀道后期

张说

客心争日月，来往预期程。

秋风不相待，先至洛阳城。（平声庚韵）

【按】

借羡秋风表达作者归期心急。

南中咏雁诗

韦承庆

万里人南去，三春雁北飞。

不知何岁月，得与尔同归？（平声微韵）

韦承庆，河内郡（今属河南）人，进士，拜相。

【按】

此诗是韦在武则天去世后被贬途中而作。

南行别弟

韦承庆

澹澹长江水，悠悠远客情。
落花相与恨，到地一无声。（平声庚韵）

【按】

　　此诗景和情很自然。诗家评当为作诗之范。"落花相与恨，到地一无声"，被贬不申诉，以诗寄托。作者应早料此结果。

送朱大入秦

孟浩然

游人五陵去，宝剑直千金①。
分手脱相赠，平生一片心。（平声侵韵）

【注】

　　①直，同值。

【按】

　　临别赠剑，古人之风。

送郭司仓

王昌龄

映门淮水绿，留骑主人心。

明月随良掾^①，春潮夜夜深。（平声侵韵）

【注】

　　①良掾（yuàn），好官吏，州县的僚官。

【按】

　　夜晚思友如春潮，情深谊长。

洛阳道五首·其三

储光羲

大道直如发，春日佳气多。

五陵贵公子，双双鸣玉珂^①。（平声歌韵）

【注】

　　①玉珂，马络上的装饰物，多为贝或玉做的。

【按】

　　富贵祥和之家。公子原出于公侯之子意，后指富家子弟。五陵是秦灭六国后，各诸侯国的后裔集中居住地。

山中

王维

荆溪白石出，天寒红叶稀。

山路元无雨，空翠湿人衣。（平声微韵）

【按】

三、四句为佳句。

咏史

高适

尚有绨袍赠，应怜范叔寒①。

不知天下士，犹作布衣看（kān）。（平声寒韵）

【注】

①范叔，即范雎。须贾曾诬陷他。后范雎更名，在秦当上丞相，须贾出使秦，范雎布衣见须贾，须贾以为他穷困潦倒，赠袍。范雎有感，未加害须贾。能怜贫，可避祸。

【按】

　　人总要有一点仁爱之心。

左掖梨花

丘为

冷艳全欺雪，余香乍人衣。

春风且莫定，吹向玉阶飞。（平声微韵）

　　丘为，苏州嘉兴（今属浙江）人，进士。丘为与刘长卿、王维为友，"其赴上都也，长卿有诗送之"。

【按】

　　首句写梨花是名句。

劳劳亭①

李白

天下伤心处，劳劳送客亭。

春风知别苦，不遣柳条青。（平声青韵）

【注】

①劳劳亭，故址在南京。

【按】

诗人不愿和故人离别，春风拟人化知离别苦。唐时有折柳送别之习俗。

逢侠者

钱起

燕赵悲歌士，相逢剧孟家①。

寸心言不尽，前路日将斜（xiá）。（平声麻韵）

【注】

①剧孟，汉代著名侠士，洛阳人。

【按】

钱起诗风秀丽清赡，工炼句，多行旅、感遇之作。此篇有壮气，难得。

池上

白居易

小娃撑小艇，偷采白莲回。

不解藏踪迹，浮萍一道开。（平声灰韵）

【按】

很有生活情调，充满童趣。

夜雪

白居易

已讶衾枕冷，复见窗户明。

夜深知雪重，时闻折竹声。（平声庚韵）

【按】

雪下得很大，故窗外明亮。非天亮，这是视。雪压断竹枝，这是听。进一步渲染大雪。

悯农·其一

李绅

春种一粒粟，秋收万颗子。

四海无闲田，农夫犹饿死。（上声纸韵）

【按】

李绅因两首《悯农》而得到重用。

塞下曲

许浑

夜战桑乾北，秦兵半不归。
朝来有乡信，犹自寄寒衣。（平声微韵）

【按】

厌战之诗。妇思征夫。

天涯

李商隐

春日在天涯，天涯日又斜（xiá）。
莺啼如有泪，为湿最高花。（平声麻韵）

【按】

此诗太凄苦。

续父井梧吟

薛涛

庭除一古桐，耸干入云中。
枝迎南北鸟，叶送往来风。（平声东韵）

 薛涛，长安（今属陕西西安）人，著名女诗人。其父在蜀做官，后父病故，她流寓成都。曾居浣花溪。制桃红色小笺作诗，人称"薛涛笺"。她和元稹等都有交往。此诗是她童年间的口占，其父听后愀然。父死后她沦落风尘，正应了"枝迎南北鸟，叶送往来风"，是为谶。

【按】

薛涛诗风柔美，描叙细腻，如《送友人》："水国蒹葭夜有霜，月寒山色共苍苍。谁言千里自今夕，离梦杳如关塞长。"《风》："猎蕙微风远，飘弦唳一声。林梢鸣淅沥，松径夜凄清。"

溪口云

张文姬

溶溶溪口云，才向溪中吐。
不复归溪中，还作溪中雨。（上声麌韵）

张文姬，女诗人，鲍照妻。

【按】

此诗有意四个"溪"字，反复吟咏，自有其趣。

送兄

七岁女子

别路云初起，离亭叶正飞。
所嗟人异雁，不作一行归。（平声微韵）

七岁女子，真实姓名不可考，据《全唐诗》云，"女子南海人""武后召见，令赋送兄诗，应声而就"。由此大致能推断，诗人是南海人，此诗出自唐武则天时。

【按】

七岁女子，不知其名，能口占此诗，亦奇才。唐朝时诗的繁荣和普及从中可见。

七绝

送魏二

王昌龄

醉别江楼橘柚香，江风引雨入舟凉。
忆君遥在潇湘月，愁听清猿梦里长。（平声阳韵）

【按】

王昌龄和李白都是七绝高手，诗风隽永。李诗豁达，王诗深远，各有千秋。酷热夏天读两人的诗，似有清风吹来。

采莲曲二首·其二

王昌龄

荷叶罗裙一色裁，芙蓉向脸两边开。
乱入池中看不见，闻歌始觉有人来。（平声灰韵）

【按】

　　荷花和采莲女红润的脸庞相映，衣裙和荷叶都是翠绿的，忽入池塘中不见踪影，只听到采莲的歌曲。多么优美的景象。

早梅

张谓

一树寒梅白玉条，迥临村落傍溪桥。
不知近水花先发，疑是经冬雪未销。（平声萧韵）

　　张谓，河内（今属河南沁阳市）人，进士，官至礼部侍郎。

【按】

　　有一副名联"近水楼台先得月，向阳花木早逢春"，似乎此诗是发端。

春思二首·其一

贾至

草色青青柳色黄，桃花历乱李花香。
东风不为吹愁去，春日偏能惹恨长。（平声阳韵）

贾至，洛阳（今属河南）人，进士，曾任中书舍人。贾至与当时著名诗人、作家有广泛交游，也有诗名。

【按】

岑参、王维有和贾至应制诗（见《唐诗三百首》）。贾诗未载，现附此，以参阅。《早朝大明宫呈两省僚友》："银烛朝天紫陌长，禁城春色晓苍苍。千条弱柳垂青琐，百啭流莺满建章。剑佩声随玉墀步，衣冠身惹御炉香。共沐恩波凤池上，朝朝染翰侍君王。"

营州歌

高适

营州少年厌原野①，狐裘蒙茸猎城下。
虏酒千钟不醉人，胡儿十岁能骑马。（上声马韵）

【注】

①厌，同餍，饱。这里作饱经，习惯于之意。野，读yǎ。

【按】

"虏酒千钟不醉人"，豪气。"胡儿十岁能骑马"，的确如此，令人赞叹不绝。

除夜作

高适

旅馆寒灯独不眠，客心何事转凄然。
故乡今夜思千里，霜鬓明朝又一年。（平声先韵）

【按】

　　豪迈之人亦有思乡之苦，人之常情也。鲁迅诗曰："无情未必真豪杰，怜子如何不丈夫？知否兴风狂啸者，回眸时看小於菟。"

碛中作①

岑参

走马西来欲到天，辞家见月两回圆。
今夜不知何处宿，平沙万里绝人烟。（平声先韵）

【注】

　　①碛（qì），沙漠。

【按】

　　从军之苦可见一斑，岑参作为幕僚尚有夜无宿处，何况士兵乎！

山房春事二首

岑参

（一）

风恬日暖荡春光，戏蝶游蜂乱入房。

数枝门柳低衣桁[①]，一片山花落笔床。（平声阳韵）

（二）

梁园日暮乱飞鸦[②]，极目萧条三两家。

庭树不知人去尽，春来还发旧时花。（平声麻韵）

【注】

　　①衣桁（hàng），衣架。

　　②梁园，一般指暂居之所。出自《史记》记载司马相如曾住梁孝王家的典故。

【按】

　　"一片山花落笔床"，好生潇洒。

赵将军歌

岑参

九月天山风似刀，城南猎马缩寒毛。

将军纵博场场胜①，赌得单于貂鼠袍。（平声豪韵）

【注】

①纵博，指军中赛勇力和射技。

【按】

这场景是停战状态，且表现出融洽之情，欢乐气氛。边塞诗中少

有。

山中问答

李白

问余何意栖碧山，笑而不答心自闲。

桃花流水窅然去①，别有天地非人间。（平声删韵）

【注】

①窅（yǎo）然，此处是作悠然解。

【按】

李白短暂隐居之诗。

陪族叔刑部侍郎晔及中书贾舍人至游洞庭五首·其二

李白

南湖秋水夜无烟，耐可乘流直上天。
且就洞庭赊月色，将船买酒白云边。（平声先韵）

【按】

李白族叔名李晔，刑部侍郎。同游者贾至。赊月色以买酒，奇语。有商家以"白云边"作为酒名。

绝句

杜甫

两个黄鹂鸣翠柳，一行白鹭上青天。
窗含西岭千秋雪，门泊东吴万里船。（平声先韵）

【按】

首句近景，第二句远景，是动物。三、四句分别是远景和近景，则是静物。诗如画。

江畔独步寻花（二首）

杜甫

（一）

黄师塔前江水东，春光懒困倚微风。
桃花一簇开无主，可爱深红爱浅红？（平声东韵）

（二）

黄四娘家花满蹊，千朵万朵压枝低。
留连戏蝶时时舞，自在娇莺恰恰啼。（平声齐韵）

【按】

　　赏花、戏蝶、听莺，闲适。"可爱深红爱浅红"，有哲理。此诗表达了杜工部的愉悦之情。

寄王舍人竹楼

李嘉祐

傲吏身闲笑五侯，西江取竹起高楼。
南风不用蒲葵扇，纱帽闲眠对水鸥。（平声尤韵）

【按】

　　李嘉祐诗有齐梁之风，绮靡婉丽。但写了不少名句，如："野渡花争发，春塘水乱流""朝霞晴作雨，湿气晚生寒""禅心超忍辱，梵语问多罗""远峰晴更近，残柳雨还新""暮色催人别，秋风待雨寒"等。修饰刻炼，类刘长卿。此篇作者身为官吏，却笑公侯，写出在官场的错综复杂心情。

与赵莒茶宴

钱起

竹下忘言对紫茶，全胜羽客醉流霞①。

尘心洗尽兴难尽，一树蝉声片影斜（xiá）。（平声麻韵）

【注】

　　①醉流霞，饮酒脸红如霞。现在有人借用为酒名。

【按】

　　中唐以后，以茶代酒，举行茶宴。钱起选在竹林中举行，自是洗净尘心。

归雁

钱起

潇湘何事等闲回，水碧沙明两岸苔。

二十五弦弹夜月，不胜清怨却飞来。（平声灰韵）

【按】

琴声之中情绪也会起伏。乡愁诗也。

巴女谣

于鹄

巴女骑牛唱竹枝，藕丝菱叶傍江时。

不愁日暮还家错，记得芭蕉出槿篱。（平声支韵）

【按】

于鹄七绝有刘禹锡《竹枝词》之风，清新。此篇描写农家田野之乐。

江南曲

于鹄

偶向江边采白蘋，还随女伴赛江神。

众中不敢分明语，暗掷金钱卜远人。（平声真韵）

【按】

少妇和女伴游乐，而心在外出的丈夫。

题稚川山水

戴叔伦

松下茅亭五月凉，汀沙云树晚苍苍。

行人无限秋风思，隔水青山似故乡。（平声阳韵）

【按】

天下山水各有特色，实是诗人思乡。

宫怨

李益

露湿晴花春殿香，月明歌吹在昭阳。

似将海水添宫漏，共滴长门一夜长。（平声阳韵）

【按】

写宫女之怨，唐诗中不少，而此篇用海水添宫漏，妙想，更渲染了宫女的愁怨难眠。

登科后

孟郊

昔日龌龊不足夸①，今朝放荡思无涯。

春风得意马蹄疾，一日看尽长安花。（平声麻韵）

【注】

①龌龊，穷困潦倒。

【按】

孟郊中进士后，过于兴奋，写此诗，被人告，因此外放。三四句写得意的神情，淋漓尽致，有点得意忘形。这首诗和他的《游子吟》《烈女操》反差很大。人的性格往往是多面的。

盆池五首（选二首）

韩愈

（其二）

莫道盆池作不成，藕稍初种已齐生。

从今有雨君须记，来听萧萧打叶声。（平声庚韵）

（其五）

池光天影共青青，拍岸才添水数瓶。

且待夜深明月去，试看涵泳几多星。（平声青韵）

【按】

我以前一提到韩愈就想起"古之君子，其责己也重以周，其待人也轻以约""师者，所以传道授业解惑也"的名句，很严肃。原来，韩愈老夫子也亲自在盆中种荷花，听雨打荷叶；筑一小池，夜晚观星辰倒影。自得其乐，热爱生活。

秋思

张籍

洛阳城里见秋风，欲作家书意万重。

复恐匆匆说不尽，行人临发又开封。（平声东、冬韵）

【按】

三、四句说出不尽的思念之情。此诗东、冬二韵通押，说明唐人口语中音韵也在慢慢地变化。

江村即事

司空曙

钓罢归来不系船，江村月落正堪眠。

纵然一夜风吹去，只在芦花浅水边。（平声先韵）

【按】

诗写得很洒脱。士大夫钓鱼，非渔民也，不为养家糊口。

望洞庭

刘禹锡

湖光秋月两相和，潭面无风镜未磨。
遥望洞庭山水翠，白银盘里一青螺。（平声歌韵）

【按】

　　诗中色调清雅，静谧澄明。刘诗不好雕饰，自然之美。此诗把洞庭湖山水作盆景看，有气魄。

踏歌词四首·其一

刘禹锡

春江月出大堤平，堤上女郎连袂行。
唱尽新词欢不见，红霞映树鹧鸪鸣。（平声庚韵）

【按】

　　刘在四川时，吸取了民歌风格，写了许多类似的诗。清新活泼，清丽可喜，色彩纷呈，余音不绝。

望夫石

刘禹锡

终日望夫夫不归，化为孤石苦相思。
望来已是几千载，只似当时初望时。（平声支韵）

【按】

　　刘禹锡被贬和州（今安徽和县）时，写下了著名的《陋室铭》。此诗为同时期作品，望夫石表面是写坚贞的爱情，实际也反映了诗人思念京华的复杂心情。

大林寺桃花

白居易

人间四月芳菲尽，山寺桃花始盛开。
长恨春归无觅处，不知转入此中来。（平声灰韵）

【按】

　　寻春是诗人常有的主题。山中温度低一点儿，桃花自然晚开。白傅借春色芳菲表达自己对政治生涯的一种看法。

同李十一醉忆元九

白居易

花时同醉破春愁①，醉折花枝当酒筹。
忽忆故人天际去，计程今日到梁州。（平声尤韵）

【注】
　　①此句又作"春来无计破春愁"。
【按】
　　白居易写此诗时同李健（即李十一）等人一起游曲江，诗人提到元稹"计程今日到梁州"。正好元是日抵达梁州，并写下《梁州梦》一诗。元诗曰："梦君同绕曲江头，也向慈恩院院游。亭吏呼人排去马，忽惊身在古梁州。"虽是巧合，亦为佳话。

与浩初上人同看山寄京华亲故

柳宗元

海畔尖山似剑铓，秋来处处割愁肠。
若为化作身千亿①，散向峰头望故乡。（平声阳韵）

【注】

①此句借用佛家语。佛经中有"化身"的说法。千亿：极言其多。

【按】

用佛家语思乡，惦记亲人，虽信佛而未脱红尘。

闻乐天授江州司马

元稹

残灯无焰影幢幢，此夕闻君谪九江。

垂死病中惊坐起，暗风吹雨入寒窗。（平声江韵）

【按】

元白情意深长，自己尽管病中，也关心朋友。以凄凉的景物，表达了哀怨的情绪。

菊花

元稹

秋丛绕舍似陶家，遍绕篱边日渐斜（xiá）。

不是花中偏爱菊，此花开尽更无花。（平声麻韵）

【按】

元稹有"贫贱夫妻百事哀"的名句，与妻情感融洽。但他也风流。他爱菊，也爱其他名花。一笑。

江花落

元稹

日暮嘉陵江水东，梨花万片逐江风。
江花何处最肠断，半落江流半在空。（平声东韵）

【按】

嘉陵江水落差大，写波涛澎湃似梨花，此比喻具新意，"半落江流半在空"，写神了。

小儿垂钓

胡令能

蓬头稚子学垂纶，侧坐莓苔草映身。
路人借问遥招手，怕得鱼惊不应人。（平声真韵）

▨▨ 胡令能，河南郑州中牟县人，隐居圃田（今河南郑州市中牟莆田）。他的诗语言浅显而构思精巧，生活情趣很浓，现仅存七绝诗四首。

【按】

　　胡令能，家贫。年轻时修补锅盆为生，人称"胡钉铰"。曾梦人剖其腹，以一卷书置之，遂能吟咏。其诗生动传神。另一首"忽闻梅福来相访，笑着荷衣出草堂。儿童不惯见车马，走入芦花深处藏"，亦妙趣。此诗小儿在鱼塘侧坐垂钓，有人问路，远远摆手，不作答语，怕惊动鱼不上钩，多么恬静、优美的场景。读者反复想，自然融入此境。

忆扬州

徐凝

萧娘脸薄难胜泪，桃叶眉尖易觉愁①。
天下三分明月夜，二分无赖是扬州。（平声尤韵）

　　徐凝，睦州（今属浙江）人，进士。

【注】

　　①眉尖，一作"眉头"。

【按】

　　此诗三、四句把唐朝扬州的繁华夸张到了极致。

赠婢

崔郊

公子王孙逐后尘，绿珠垂泪滴罗巾①。
侯门一入深似海，从此萧郎是路人②。（平声真韵）

崔郊，生卒年不详，曾寓居襄阳。第秀才（唐朝科举，科类很多，如明经科，秀才是另一科，不同于明清科考制度）。

【注】

①绿珠，见《题桃花夫人庙》注①，这里借指有情女子。

②萧郎，梁武帝萧衍，风流多才。后成诗词中常用语，泛指情郎。

【按】

崔的姑母有一婢，崔与之互相爱恋，后战乱中婢被卖给刺史于頔（dí）。一次崔与此婢寒食节偶遇，百感交集，写下此诗。于頔见此诗，便让崔领婢去，终成连理。于頔能成人之美，亦为仁慈而大气。

南园十三首（选二首）

李贺

（其五）

男儿何不带吴钩，收取关山五十州。

请君暂上凌烟阁，若个书生万户侯。（平声尤韵）

（其六）

寻章摘句老雕虫，晓月当帘挂玉弓。

不见年年辽海上，文章何处哭秋风。（平声东韵）

【按】

　　其五写希望投笔从戎，有欲闻鸡起舞之意。其六写自己刻苦读书奋发写作。弯月作帘钩，新颖。三、四句感叹才华不够用于世，好像如今说的读书无用论。

题桃花夫人庙

杜牧

细腰宫里露桃新，脉脉无言度几春。

至竟息亡缘底事，可怜金谷堕楼人①。（平声真韵）

【注】

①金谷堕楼指绿珠，石崇妾。石崇败，绿珠跳楼自杀。桃花夫人即息夫人。"堕"又作"坠"。

【按】

楚王见息夫人美貌，灭息国，欲纳为妃。息夫人提出要求保息国宗祀，楚王承诺，后息夫人虽为妃生子，但不与楚王语。楚王诘之，答曰已事二夫，何语可言。

霜月

李商隐

初闻征雁已无蝉，百尺楼高水接天。
青女素娥俱耐冷①，月中霜里斗婵娟。（平声先韵）

【注】

①青女，主管霜雪的女神；素娥，嫦娥。

【按】

这是首浪漫主义的小诗，借神话描写深秋月夜的澄洁、冷艳。有唯美主义倾向，也表现诗人超凡脱俗的梦想。

初食笋呈座中

李商隐

嫩箨香苞初出林，於陵论价重如金①。
皇都陆海应无数②，忍剪凌云一寸心。（平声侵韵）

【注】

　　①於陵，今山东邹平东南。

　　②陆海，长安附近的竹林。

【按】

　　嫩笋鲜美，而诗人想到的是"忍剪凌云一寸心"，寄托对少年人才的爱惜。构思新颖，寓意深长。

蔡中郎坟

温庭筠

古坟零落野花春，闻说中郎有后身。
今日爱才非昔日，莫抛心力作词人。（平声真韵）

【按】

　　蔡中郎即蔡邕，汉末左中郎将，著名文学家、书法家、音乐家。张衡死日，邕母孕，生邕，才貌与衡相类，时人说邕是衡的后身。温此诗自彰。

山亭夏日

高骈

绿树阴浓夏日长，楼台倒影入池塘。
水精帘动微风起，满架蔷薇一院香。（平声阳韵）

高骈，幽州（今属北京）人，是一名武臣，官至节度使。

【按】

高是唐末人，此篇饶有情趣，"满架蔷薇一院香"，平常语而有浓郁诗味。

汴河怀古二首·其二

皮日休

尽道隋亡为此河，至今千里赖通波。
若无水殿龙舟事，共禹论功不较多。（平声歌韵）

【按】

　　此诗对隋炀帝的评价有特点。历史从来成王败寇。隋炀帝是唐太宗的亲表叔。隋炀帝好大喜功，不计国力，涂炭生灵是无疑的。但他首开科举考试，不讲门阀，选拔人才的办法用了一千多年。开凿大运河，对沟通南北政治、经济、文化等起了极大作用，直至海运和铁路发展后才失去了其作为南北大动脉的地位。此外，隋炀帝开拓疆土也比唐太宗大，但他没有守住。《论语·子张篇》有一章："子贡曰：纣之不善，不如是之甚也。是以君子恶居下流，天下之恶皆归焉。"这是有道理的。史书都是后人编的，掺杂后续统治者的观点总是难免。

白莲

陆龟蒙

素葩多蒙别艳欺①，此花端合在瑶池。
无情有恨何人觉？月晓风清欲堕时。（平声支韵）

　　陆龟蒙，晚唐姑苏（今属江苏）人，与皮日休友，经常唱和，并称"皮陆"。

【注】

　　①葩，《字诂》释为"古花字"。此处如读作huā，则于平仄不符。《唐韵》注此字"韦委切"，读作（wěi）。

【按】

　　写莲，此诗别开生面。白莲是从天上瑶池被贬到人间来的。作者比拟自己生不逢时，怀才不遇。

寒食夜

韩偓

恻恻轻寒翦翦风，小梅飘雪杏花红。
夜深斜搭秋千索，楼阁朦胧烟雨中。（平声东韵）

【按】

　　前二句写寒食夜，春寒料峭，柳絮如雪；后二句诗人不写思人，而写空悬的秋千，更令人联想翩翩。诗绮丽缠绵，景中寓情。

再经胡城县

杜荀鹤

去岁曾经此县城，县民无口不冤声。
今来县宰加朱绂，便是生灵血染成。（平声庚韵）

【按】

　　旧时诗家评其不含蓄，而作者不如此直言，不足以抒心中之块垒，不足以鞭挞那些贪官污吏。《毛诗序》曰诗"发乎情，止乎礼义"。首先写诗要有"情"，是真感情，而不是假大空，不是谀辞佞语，也不要无病呻吟。"真"不代表正确与错误，而是心中语，所以要"止乎礼义"。

雨晴

王驾

雨前初见花间蕊，雨后全无叶底花。
蜂蝶纷纷过墙去，却疑春色在邻家。（平声麻韵）

【按】

此诗和刘禹锡的《大林寺桃花》都写寻春，情趣各异，都充满生机。

古离别

韦庄

晴烟漠漠柳毵毵①，不那离情酒半酣。
更把玉鞭云外指，断肠春色在江南。（平声覃韵）

韦庄，长安杜陵（今陕西西安）人，进士，五代时前蜀宰相，苏州刺史韦应物四世孙。韦庄工诗，其律诗圆稳整赡、音调浏亮，绝句情致深婉、包蕴丰厚；其词善用白描手法，词风清丽。韦庄与温庭筠同为"花间派"代表作家，并称"温韦"，其所著《菩萨蛮》五首为宋词奠基之作。

【注】

①鬖鬖（sān），意思为毛发、枝条细长垂拂，纷披散乱。

【按】

韦庄是著名的词人。王国维曰"韦端己之词，骨秀也"。现列其《思帝乡·春日游》词与诗同赏："春日游，杏花吹满头。陌上谁家年少足风流？妾拟将身嫁与，一生休。纵被无情弃，不能羞。"这篇《古离别》风格迥异，在写告别的诗中另辟蹊径，字词清艳绝伦，情感肝肠欲断。

题菊花

黄巢

飒飒西风满院栽，蕊寒香冷蝶难来。

他年我若为青帝，报与桃花一处开。（平声灰韵）

黄巢，曹州（今属山东）人，少年能诗，屡试不第，唐末农民起义领袖。

【按】

借菊抒发抱负，堂庑宽大。"他年我为若青帝，报与桃花一处开"，一副改天换地的派头。

不第后赋菊

黄巢

待到秋来九月八，我花开后百花杀。

冲天香阵透长安，满城尽带黄金甲。（入声黠、洽韵）

【按】

　　真是造反领袖的口吻，有气魄。诗中"八、杀"是黠韵，属舌前鼻音入声，"甲"属洽韵是唇鼻音入声。在词韵中尚不在一部。科考时是不允许的，难怪他屡试不第。

焚书坑

章碣

竹帛烟销帝业虚，关河空锁祖龙居。

坑灰未冷山东乱，刘项原来不读书。（平声鱼韵）

　　　章碣，晚唐桐庐（今属浙江）人，余不详。

【按】

　　此诗写秦始皇焚书坑儒。末句是名句。刘项并非没有读过书，而是

"好读书，不求甚解"。两人也有别，刘是基层亭长，有痞子气；项是贵胄，有公子气。长期以来，不少作品鞭挞暴君、嘲弄昏君、歌颂明君、期冀圣君，殊不知欲中华之繁荣昌盛、国泰民安，永葆发展的活力，还得以科学和民主为基础。

怀良人

葛鸦儿

蓬鬓荆钗世所稀，布裙犹是嫁时衣。
胡麻好种无人种，正是归时底不归^①。（平声微韵）

葛鸦儿，身世不详。

【注】
　①底，为何。
【按】
　此诗和盛唐思念征夫不同，蓬鬓、荆钗、布裙，均为衰败景象。历年外忧内患，征战不绝，老百姓的生活可想而知。

诗韵浅谈

唐诗中的近体诗（律诗）是有规则的，主要有三点：1. 押韵；2. 平仄；3. 对仗。对其有基本的了解是有益的。

一

汉语在世界各国语言中是独特的。每个字（音节）都有声调，其他国家少有。英语单词中只有轻重音，在一句话中会出现升调或降调以表示不同意思。

汉字是中华民族通用文字。它一脉相承，可以追溯到殷商的甲骨文。其形、音、义基本保留，也在不断地发展和变化。形，从甲骨文、金文、秦篆、汉隶到楷书一路发展而来，楷书形成后，一直没有什么变化（行草书是便于书写而形成的，连同篆、隶、楷成为我国独有的艺术——书法）。音，也在发展变化。但古代无今天的科技手段，不可能留下声音的记录，只能根据文献的记载来研究学习。义，几乎没有大的变动，至今《说文解字》《康熙字典》还在使用。

隋唐之前，汉字的读音是用同声字互相注音的。直到六朝，由于中外文化交流频繁，学者们研究提出了用"反切法"进行注音。"反切法"就是用两个字来给另一个字注音。如"三"，就注为"苏甘切"，取前一字"苏"的声母（辅音）[s]，后一字的韵母（元音）[ān]，这就读成[sān]。这比过去同音字互注前进了一大步。同时研究出汉语的声调，分为四类：平声、上声、去声、入声。有人编写了专门的韵书，这也是规范写诗时用韵的需要。

押韵。相同、相近的韵母的字互相之间就是押韵。古代人们在讲话中早就发现了这一点。所以，古诗历来都有韵。《诗经》《楚辞》，汉赋，唐诗，宋词，元曲都讲韵。甚至不是诗歌的古文中也出现韵文，如《易经》爻辞，《老子》《庄子》。历来的民歌、戏曲的词，以及今天的歌词都是押韵的。国外诗歌也是如此。押韵的效果就是上口，好记，也能和乐谱有机地结合。

我国最早最具有影响的韵书是隋代的《切韵》。它是由陈朝著名文学家刘臻、颜之推、薛道衡等八位学者根据前人编撰的韵书，以金陵（南京）、洛下（洛阳）两地士族所使用的语音为基础，并综合了南北语音，由陆法言执笔完成。《切韵》有193个韵，唐朝时又补充了不少字增成《广韵》（共206个韵）。南宋时，平水郡（今山西临汾）有人把它合并为106个韵，俗称"平水韵"。这就是直到清朝科举都必须遵守的《佩文诗韵》。

《佩文诗韵》中有平声韵30个（分上平、下平两部，但不是声调分类），上声韵29个，去声韵30个，入声韵17个。四声又分平仄。平声韵就是上平声和下平声。上声、去声、入声都是仄声。在律诗中绝大多数押平声韵，也有押仄声韵的。五古七古则平声韵仄声韵都有，一篇中也可以换韵。在律诗中，平仄声之间不能相互押韵，否则就是出韵。（词有平、上、去叶韵的，入声单独分部押韵。如何押韵，词牌的格律有明确规定。《词林正韵》对平、上、去、入四部进行了合并，共分19部，它把入声单独列出为5个部，而平、上、去为同部属，共14个）

二

近体诗有定式，对平仄和对仗都有规定。《唐诗三百首详析》（喻守真著）已作了详细介绍，不再赘述。五律和七律各有四种定式。绝句即把五律或七律八句断成四句。或留前两联，或留后两联的，或留中间两联去首尾的，或用首尾两联去中间的。也是四种格式。详见《律诗平仄格式》（附本文后）。

关于平仄声，过去常说"一、三、五不论，二、四、六分明"。这是以七言为例而言的。每句诗中第一、三、五字可平可仄，第二、四、六字则必须按律。五言则是"一三不论，二四分明"。这是基本的要求。一、三、五可变通，但需要补救，有一定的规则。重要的是不要犯孤平，即一句中至少应有二个平声相连。另外，尽量避免一句中最后三字都是平声或都是仄声。

现以许浑《咸阳城东楼》颔联为例。

诗句：溪云初起日沉阁，山雨欲来风满楼。

句中平仄：平平平仄仄平仄 平仄仄平平仄平

定式为：平平仄仄平平仄，仄仄平平仄仄平

诗句对照定式，并不相同。句中"二、四、六"平仄是合律的，"一、三、五"字作了变通，两句都不犯孤平，所以它是合律的。也未出现末三字同为平声或仄声的情况。

对仗，即对联。律诗中三四句（颔联）、五六句（颈联）是应该对仗的。对联简单说就是虚词对虚词，实词对实词，且平仄相对（不同）。颔联也有似对非对的，而颈联应严格遵守。首尾两联也有写成对仗的。对仗有工对，有宽对。工对就是名词对名词，动词对动词，数词对数词，甚至同类性质的词。比如春对夏，富对贫，牛对马，等等。宽对会有动词对名词的，形容词对动词的，等等。如李商隐《春雨》："红楼隔雨相望冷，珠箔飘灯独自归。""红楼"对"珠箔"，"隔雨"对"飘灯"是工对，而"相望"对"独自"、"冷"对"归"就是宽对了。过去童蒙识字时，塾师就要教学生对联。《声律启蒙》（车万育著）、《笠翁对韵》（李渔著）是其教材。诗词爱好者不妨一读（不在律诗中的对联，如楹联、寿联、挽联等，相对较宽，只要词尾平仄相对即可，没有犯孤平一说）。

在读唐诗时还要注意一点，古音中有的字既可念平声，亦可念仄声，或义相同，或义不同。如果读错就没有韵味了。尤其在韵脚。如"看""望"，若是平声韵的诗词，在句尾就要读平声，如毛泽东主席的《重上井冈山》，上阕最后一句是"过了黄洋界，险处不须看"，看应读（kān）。此外，"儿"读"汝移切"元音（i）。今古音也有韵母发生变化的，如"野""者"今韵为[e]，而古韵为[a]，属"马"部，上声，分别为[yǎ][zhǎ]，民歌《敕勒川》、陈子昂《登幽州台歌》即是。"斜"也如此，古音为[xiá]。这类情况不止这几个字，读时要留意。

三

入声在古音中约占五分之一。平水韵声调分为四类：平、上、去、入。普通话也分为四类：阴平、阳平、上声、去声。它和古音的四声有点区别：没有入声。普通话的阴平、阳平大都是古音中平声。上声、去声基本上和古音的上声、去声相同。古音中的入声字普通话已变化到其他声中。如下列四个字原是入声，现在为：搭[dā]，阴平；竹[zhú]，阳平；铁[tiě]，上声；药[yào]，去声。有许多古音中同韵母的字普通话也完全不同，比如学[xué]和驳[bó]，原来同属于入声"觉部"。

那么，古音的四声如何读呢，介绍为：

平声平道莫低昂，上声高呼猛烈强。

去声分明哀远道，入声短促急收藏。

平上去三声基本等同普通话，而入声韵实在令人难以捉摸得其要领。好在方言中还存在入声，语音学专家们对此有专门的研究。

大家知道普通话的四声，其韵母是同一的。如妈〔mā〕，麻〔má〕，马〔mǎ〕，骂〔mà〕。古汉语四声其韵母也是同一的。读者会发现，平声30个，上声29个，去声30个，为什么入声只有17个呢？其原因是：不是每个韵都有入声，只有韵母中有鼻音的才会具备平上去入四声。没有鼻音的只有平上去三声。有入声的：（上平声）一东，二冬，三江，十一真，十二文，十三元，十四寒，十五删。（下平声）一先，七阳，八庚，九青，十蒸，十二侵，十三覃，十四盐，十五咸。共17个。无入声的：（上平声）四支，五微，六鱼，七虞，八齐，九佳，十灰。（下平声）二萧，三肴，四豪，五歌，六麻，十一尤。共13个。（在音韵学中，有鼻音的叫阳声韵，没有鼻音的叫阴声韵）。详见平水韵四声分类表。

平水韵四声分类表

	平	上	去	入	备注
一	一东	一董	一送	一屋	
	二冬	二肿	二宋	二沃	
二	三江	三讲	三绛	三觉	
三	四支	四纸	四寘		
	五微	五尾	五未		
四	六鱼	六语	六御		
	七虞	七麌	七遇		

（续表）

	平	上	去	入	备注
五	八齐	八荠	八霁九泰		原表九泰单列今与八霁合一栏
	九佳	九蟹	十卦		
	十灰	十贿	十一队		
六	十一真	十一轸	十二震	四质	
	十二文	十二吻	十三问	五物	
	十三元	十三阮	十四愿	六月	
七	十四寒	十四旱	十五翰	七曷	
	十五删	十五潸	十六谏	八黠	一东至十五删为上平
	一先	十六铣	十七霰	九屑	
八	二萧	十七篠	十八啸		
	三肴	十八巧	十九效		
	四豪	十九晧	二十号		
九	五歌	二十哿	二十一箇		
十	六麻	二十一马	二十二祃		
十一	七阳	二十二养	二十三漾	十药	
十二	八庚	二十三梗	二十四敬	十一陌	
	九青	二十四迥	二十五径	十二锡	
十三	十蒸			十三职	
十四	十一尤	二十五有	二十六宥		
十五	十二侵	二十六寝	二十七沁	十四缉	

（续表）

	平	上	去	入	备注
十六	十三覃	二十七感	二十八勘	十五合	侵覃盐咸四韵的韵尾为［m］
	十四盐	二十八俭	二十九艳	十六叶	
	十五咸	二十九豏	三十陷	十七洽	一先至十五咸为下平

最左格的序号为韵尾和主元音相同者分类，共十六类。同类之间古风亦有通押的。

在普通话中，元音有舌尖鼻音［n］和舌根鼻音［ng］两类。在古音中除［n］［ng］外，还有唇鼻音［m］。平水韵中真、文、元、寒、删、先属于舌尖鼻音［n］，东、冬、江、阳、庚、青、蒸属于舌根鼻音［ng］，侵、覃、盐、咸属于唇鼻音［m］。唇鼻音在部分方言中保留了。如三，元音就读［am］；金，元音就读成［im］。

入声韵既然和平声韵是同一元音，其元音一致。以东韵为例，"东"是平声，"董"是上声，"冻"是去声，"读"是入声。"读"在普通话里已经没有［ong］的痕迹，而是阳平［dú］。但是方言中还是一个韵母。不过在读入声韵时，［g］轻读成［k］。其他两个鼻音，［n］轻读成［l］，［m］轻读成［p］。有的方言虽有入声，但［p］［l］［k］已经基本消失。

在推广普通话（新中国成立前叫国语）以前，全国的汉语分为官话和方言，官话有北方官话，西南官话和南方官话（江淮话），方言有吴语、粤语、闽南语、客家话、赣语、湘语等。普通话就是以北方官话为基础而规范的。官话和方言是几千年各民族互相融合的产物。其实自古以来，各地读音就有差别。《论语》有一段"子所雅言，《诗》《书》、执礼，皆雅言也"。雅言即周王朝的标准话，说明鲁国不是标准话，有口音，至于楚国，差别就大了（楚辞为例）。大体上官话是中原语言和鲜卑、匈奴、契丹以及蒙古族、满族等的语言融汇而成。方言则是中原话和各地语言结合的结果。所以，同样用汉字，义同，而口音之多难以胜数。

普通话和古音不仅韵母、声调有变化，声母也有变化，减少了约三分之一。方言中尚有保存。如古音中声母就有〔ng〕。北方也有古音声母未变，但对应不上原先字，就用其他字替代，"庞各庄"即是一例，实际是"庞家庄"，南方方言中读作"家"〔ga〕，现北方就用"各"〔ge〕来书写。普通话的韵母和古音比，变化减少到原来的四分之一。

平声分阴阳（普通话平声分阴阳，上声、去声不分阴阳），上声、去声、入声也分阴阳。入声在北方官话、西南官话中已经消失，但方言、南方官话及山西南部（晋语）还存在。结合清音、浊音，声调共有16个。平上去入各有4个声调。各地声调数不同。如广州（粤语）9个，厦门（闽南话）7个，梅县（客家话）6个，苏州（吴语）7个，扬州（江淮话）5个等。

四

最后谈一下和诗词有关联的话题。

一是什么是声调。声调就是在一个音节中的声高的变化。阴平，声高不变，阳平由低到高，上声则是先高后低又高，去声是由高到低。这和音乐中的音阶升降相似。按乐谱标注，普通话规定阴平是〔55〕，阳平是〔35〕，上声是〔214〕，去声是〔51〕。而入声则比较复杂。

二是入声韵在词牌中常常使用。"念奴娇""忆秦娥""满江红""声声慢""雨霖铃"等都例用入声。苏轼《念奴娇·大江东去》有八个韵脚，物〔u〕，壁〔i〕，雪〔ue〕，杰〔ie〕，发（發）〔a〕，灭〔ie〕，发（髮）〔a〕，月〔ue〕。用普通话朗读时，就没有韵。但古音中它们同属于《词韵》第十七部和第十八部，是通押入声韵的。读者中若有在入声方言地区长大的人，不妨用本地方言朗读，更有韵味。

三是如果自己写近体诗，应该按格律写。诗韵按《佩文诗韵》虽好，但当今绝大多数人很难做到；可用《词林正韵》入韵，也可以用《中原音韵》（用于元曲）；用普通话写也行。完全不按平仄规定写也行，但不能算近体诗，不要标注为五律七律等。总之，还是要押韵。建议多练习对仗，有利于提高诗学素养。对仗在诗中往往最精辟，最出彩。读唐诗时，肯定深有体会。写律诗最重要的还是内容，遇到好句，不必拘泥于平仄，不要影响意境。王维诗"行到水穷处，坐看云起时"就是例子。

四是关于唐诗的美。现在人们常常嫌近体诗约束过多。然而唐诗作为我国古代诗歌的巅峰，和律诗是密不可分的。律诗具有内容美（健康的思想性和高超的艺术性，而且直抒胸臆），形式美（对仗，行数、每行字数及格律的其他要求），音律美（押韵，讲究平仄，和音乐的融合）。它也是汉语特有魅力的体现。内容美、形式美、音律美的有机结合，使我们到了浑然不觉的地步，所以至今流传，脍炙人口。我们应该传承这一中华民族优秀的传统文化，因而了解、学习格律的知识是有必要的。至于词和曲，是在唐代律诗的基础上和乐谱的进一步结合而发展起来的。

本文讲的诗韵知识非常浅薄，仅供爱好者看看而已。

律诗平仄格式

五律常格	举例
一	Ⓩ仄平平仄，平平仄仄平。 Ⓟ平平仄仄，Ⓩ仄仄平平。 Ⓩ仄平平仄，平平仄仄平。 Ⓟ平平仄仄，Ⓩ仄仄平平。	国破山河在，城春草木深。 感时花溅泪，恨别鸟惊心。 烽火连三月，家书抵万金。 白头搔更短，浑欲不胜簪。 《春望》杜甫
二	Ⓩ仄仄平平，平平仄仄平。 Ⓟ平平仄仄，Ⓩ仄仄平平。 Ⓩ仄平平仄，平平仄仄平。 Ⓟ平平仄仄，Ⓩ仄仄平平。	戍鼓断人行，边秋一雁声。 露从今夜白，月是故乡明。 有弟皆分散，无家问死生。 寄书长不达，况乃未休兵。 《月夜忆舍弟》杜甫

三	⊙平平仄仄，⊙仄仄平平。 ⊙仄平平仄，平平仄仄平。 ⊙平平仄仄，⊙仄仄平平。 ⊙仄平平仄，平平仄仄平。	乡心新岁切，天畔独潸然。 老至居人下，春归在客先。 岭猿同旦暮，江柳共风烟。 已似长沙傅，从今又几年。 《新年作》刘长卿
四	平平仄仄平，⊙仄仄平平。 ⊙仄平平仄，平平仄仄平。 ⊙平平仄仄，⊙仄仄平平。 ⊙仄平平仄，平平仄仄平。	凄凉宝剑篇，羁泊欲穷年。 黄叶仍风雨，青楼自管弦。 新知遭薄俗，旧好隔良缘。 心断新丰酒，销愁斗几千。 《风雨》李商隐

	七律常格	举例
一	⊙平⊙仄平平仄， ⊙仄平平仄仄平。 ⊙仄⊙平平仄仄， ⊙平⊙仄仄平平。 ⊙平⊙仄平平仄， ⊙仄平平仄仄平。 ⊙仄⊙平平仄仄， ⊙平⊙仄仄平平。	谢公最小偏怜女， 自嫁黔娄百事乖。 顾我无衣搜荩箧， 泥他沽酒拔金钗。 野蔬充膳甘长藿， 落叶添薪仰古槐。 今日俸钱过十万， 与君营奠复营斋。 《遣悲怀（一）》元稹
二	⊙平⊙仄仄平平， ⊙仄平平仄仄平。 ⊙仄⊙平平仄仄， ⊙平⊙仄仄平平。 ⊙平⊙仄平平仄， ⊙仄平平仄仄平。 ⊙仄⊙平平仄仄， ⊙平⊙仄仄平平。	燕台一去客心惊， 笳鼓喧喧汉将营。 万里寒光生积雪， 三边曙色动危旌。 沙场烽火连胡月， 海畔云山拥蓟城。 少小虽非投笔吏， 论功还欲请长缨。 《望蓟门》祖咏

三	⟨仄⟩⟨仄⟩⟨平⟩平平仄仄， ⟨平⟩平⟨仄⟩仄仄平平。 ⟨平⟩平⟨仄⟩仄平平仄， ⟨仄⟩仄平平仄仄平。 ⟨仄⟩⟨仄⟩⟨平⟩平平仄仄， ⟨平⟩平⟨仄⟩仄仄平平。 ⟨平⟩平⟨仄⟩仄平平仄， ⟨仄⟩仄平平仄仄平。	剑外忽传收蓟北， 初闻涕泪满衣裳。 却看妻子愁何在， 漫卷诗书喜欲狂。 白日放歌须纵酒， 青春作伴好还乡。 即从巴峡穿巫峡， 便下襄阳向洛阳。 《闻官军收河南河北》杜甫
四	⟨仄⟩仄平平仄仄平， ⟨平⟩平⟨仄⟩仄仄平平。 ⟨平⟩平⟨仄⟩仄平平仄， ⟨仄⟩仄平平仄仄平。 ⟨仄⟩仄⟨平⟩平平仄仄， ⟨平⟩平⟨仄⟩仄仄平平。 ⟨平⟩平⟨仄⟩仄平平仄， ⟨仄⟩仄平平仄仄平。	城上高楼接大荒， 海天愁思正茫茫。 惊风乱飐芙蓉水， 密雨斜侵薜荔墙。 岭树重遮千里目， 江流曲似九回肠。 共来百越文身地， 犹自音书滞一乡。 《登柳州城楼寄漳汀封连四州》柳宗元

说明：

①字处加○者，表示可平可仄。

②五律一、二两种定式，三、四两种定式仅首句平仄不同，后七句平仄是相同的。七律是在五律的基础上，每句前面加了两个字，且与五律句首的平仄相对。本文七律的格式编号是和五律的编号一一对应的。

③凡每句尾为平声的必须押韵。律诗一般用平声韵。

④五绝、七绝不另介绍，了解了五律、七律，绝句的格式自然就掌握了。五绝中有古绝，因五言诗先出现，格律是后形成的，它不按律绝的平仄要求。七绝则无古绝。

⑤凡不按常格且依规则进行变通处理的为变格（拗体）。这也是允许的。读者如感兴趣，可学习王力先生的《诗词格律》一书。

图书在版编目（CIP）数据

唐诗撷英／郭浚清编著.—成都：天地出版社，2023.10
ISBN 978-7-5455-7921-5

Ⅰ.①唐… Ⅱ.①郭… Ⅲ.①唐诗—诗集②唐诗—诗
歌欣赏 Ⅳ.①I222.742②I207.227.42

中国版本图书馆CIP数据核字（2023）第159344号

TANGSHI XIEYING

唐诗撷英

出 品 人	杨　政
编　　著	郭浚清
责任编辑	杨永龙　李晓波
责任校对	杨金原
装帧设计	挺有文化
责任印制	王学锋

出版发行　天地出版社
　　　　　（成都市锦江区三色路238号　邮政编码：610023）
　　　　　（北京市方庄芳群园3区3号　邮政编码：100078）
网　　址　http://www.tiandiph.com
电子邮箱　tianditg@163.com
经　　销　新华文轩出版传媒股份有限公司

印　　刷　北京文昌阁彩色印刷有限责任公司
版　　次　2023年10月第1版
印　　次　2023年10月第1次印刷
开　　本　710mm×1000mm 1/16
印　　张　17
字　　数　236千字
定　　价　68.00元
书　　号　ISBN 978-7-5455-7921-5